BBULMEDIA

http://www.bbulmedia.com

Korea Godfather

코리아갓파더

BBULMEDIA FANTASY STORY

Korea Godfather

코리아 갓파더

정사부 현대 판타지 소설

contents

1.
만수파를 정리하다

김동한 보좌관이 돌아가고 박일권은 입가에 미소가 끊이지 않았다.

이제 자신에게도 기회가 찾아온 것이다.

그저 주먹 쓸 줄만 알았지 머리는 그리 똑똑하지 못해 최만수의 밑에서 온갖 굳은 일을 다 했다.

하지만 돌아온 것이라고는 권력의 변방으로 밀려나고 말았다.

조직의 기반이 잡히자 최만수는 한 지역의 책임자로 보내긴 했지만 결과적으로 중심에서 밀려난 것이다.

처음에는 그것도 모르고 조직이 장악한 청담과 압구정 두 곳 중 한 지역을 최만수 두목처럼 다스린다는 생각에 들떠 있었다.

그렇지만 그런 생각은 얼마 가지 못하고 나락으로 떨어졌다.

한 번도 보지 못했던 어린놈이 최만수의 옆자리에 있는 것을 본 뒤 자신이 밀려났다는 것을 그제야 깨달았다.

'형님! 어떻게 제게 그럴 수 있습니까? 제가 조직을 위해, 형님을 위해 어떤 일을 했는데…… 제가 진혁이를 친다고 해서 너무 뭐라 하지 마십시오. 이게 다 형님이 제게 한 대접 때문에 그러는 것이니. 그리고 전 형님께 지켜야 할 의리는 다 지켰습니다.'

박일권은 눈을 감고 머릿속에 떠오르는 생각들을 정리하기 시작했다.

막상 조직의 두목인 최진혁을 몰아내기로 작정을 하자 죽은 최만수에게 조금 미안한 생각이 들었다.

하지만 그것도 잠시일 뿐.

최만수가 자신을 속이고 압구정으로 밀어낸 것에 대한 생각이 떠오르자 가슴속 깊은 곳에서 분노가 피어올랐다.

자신이 조직을 위해 얼마나 고생을 했는데, 그 보답을 못할망정 자신을 견제하기 위해 어린놈을 곁에 두고 자신을 홀대한 일은 모든 죄책감을 사라지게 만들고, 서운한 마음을 넘어 복수라는 단어만이 머릿속을 가득 채웠다.

그러다 보니 한때, 자신을 삼촌이라며 따르던 진혁을 쳐내는 것에 일말의 양심도 느끼지 않고, 어떻게 보면 자신이 가져야 할 권리를 찾는다는 생각마저 들었다.

'그래, 난 내가 받아야 할 것을 찾는 것뿐이야! 솔직히 형님이 내게 해 준 것이 뭐가 있냔 말이다. 말뿐인 2인자……한 지역의 책임자지, 솔직히 이곳에서 제대로 내 말을 들었던 놈들은 몇 되지 않았어! 비록 지금이야 내 밑으로 들어왔지만 만수 형님이 살아 계실 때만 해도 모두 날 견제하기 위한 존재였을 뿐이잖아? 이건…… 모두 형님이 자초한 일이야!'

모든 생각을 정리한 박일권은 얼른 밖에 대고 소리쳤다.

"칠성아!"

"예, 행님!"

"잠시 들어와 봐라."

"알겠습니다, 행님."

덜컹, 쿵!

낡은 사무실 문이 열리고 190은 넘어 보이는 커다란 덩치의 남자가 들어왔다.

누가 봐도 전형적인 깍두기. 짧은 머리에, 조폭임을 알수 있는 남자가 사무실 안으로 들어섰다.

"부르셨습니까? 행님."

덩치에 맞지 않게 조금은 여성스러운 목소리의 남자가 고개를 숙이며 인사를 했다.

"잠시 앉아 봐라."

"예, 행님."

일권의 말에 칠성이 자리에 앉자, 일권은 자신의 생각을 이야기하기 시작했다.

"넌…… 내가 지금의 두목인 진혁이를 밀어내고 내가 그 위에 앉으면 어떻게 할 거냐……?"

일권은 자신의 오른팔인 칠성이 분명 자신을 따를 것을 잘 알면서도 혹시라도 다른 생각을 하고 있는지 운을 뗐다.

하지만 자신만큼이나 단순무식한 칠성이 생각할 것도 없다는 듯 자신을 따르겠다는 말을 하자, 박일권은 만면에 미소를 가득 채우고 자리에서 일어나 칠성의 어깨를 두드리며 치하했다.

"그래, 역시 너밖에 없다. 이번 일만 잘 풀리면 넌 내가 꼭 키워 준다."

"감사합니다, 행님!"

"그래, 그래, 넌 지금부터 조용히 애들을 모아라."

"근데…… 정말로 최 사장을 치려고 하십니까?"

"음, 너도 알겠지만 내가 만수 형님 밑에서 얼마나 많은 일을 했나?"

"그건 제가 잘 알죠, 행님."

칠성은 박일권이 하는 이야기에 추임새를 넣으며 맞장구

를 쳤다.

"그런데 현재 내가 이 지경이다. 원래라면 내가 조직을 물려받는 게 맞는 순리 아니냐?"

"그라지요. 당연히 행님이 조직을 이끌어야 하는 기 맞지요."

"그러니 넌 밑에 애들 입단속하면서 최대한 빠르게 모아 봐라."

"알겠습니다, 지가 학실하게 준비해 놓겠심다."

"그래, 너만 믿는다. 나가 봐라."

"예, 행님. 저만 믿으십시오."

칠성은 조심히 밖으로 나갔다.

나가는 칠성을 보면서 일권의 입에는 미소가 걸렸다.

예전 젊을 때의 자신의 모습을 보는 듯 조직에 충성하는 칠성의 모습을 보며 일권은 기분이 좋아졌다.

요즘의 조폭은 낭만이 없었다.

예전 명절 때면 TV에서 방영하던 '장군님의 아들'이란 영화를 보며 건달들의 의리(義理)에 감동해 건달의 꿈을 키웠다.

공부 머리가 없던 일권은 공부로 성공할 것이 아니라면 차라리 저런 것도 괜찮다는 생각이 들었다.

그래서 남들이 손가락질 하는 조폭의 길로 들어서게 되었다.

처음 조폭이 되었을 때는 영화와 현실의 차이를 알지 못하고 그저 위에서 시키는 일이라면 그저 믿고 따르는 것이 당연한 것이라 생각했다.

그게 의리이고, 그게 진정한 건달의 세계라 생각했었다.

하지만 시간이 지나고 자신과 함께 조직에 들어왔던 친구들이 조직 간 항쟁 때문에 부상을 당해 조직을 떠날 때, 일권은 그때 진실을 보게 되었다.

조폭이란 게 자신이 생각한 그런 영화에 나오는 건달(乾達)이 아닌, 그저 단순한 깡패 새끼일 뿐이라고 말이다.

그렇지만 자신만은 그래도 낭만을 아는, 그리고 의리를 지닌 건달로 남기로 작정을 하고, 두목인 최만수를 따라 열심히 일을 했다.

그런데 사람 마음이라는 것이 전부 자신과 같지 않다는 사실을 뒤늦게 깨달은 것이 일권의 실책이었다.

의리를 지키며 생활하려는 일권의 밑으로 사람이 모이니, 최만수로서는 불안해졌으리라.

비록 자신의 뒤로 김한수 의원이 있기는 했지만, 조직 내부에서는 자신보다 일권을 더욱 따르는 듯한 부하들의 움직임 속에서 자신의 위치가 불안해진 최만수.

일권을 조직이 지배하는 구역의 절반인 압구정동의 총책임자라는 허울뿐인 감투를 주고 외부로 보내 버렸다.

사실 어느 조직이든 아무리 세력이 커도 중심에서 멀어

져 외부로 나가게 되면 그 세력이 견제를 받아 줄어드는 것이 당연했다.

비록 의리를 아는 일권이지만, 중간 보스들이 보기에 자신의 위에 있는 그가 혹시나 자신의 권리를 침해할까 두려워 어느 정도 견제를 하기 시작했다.

그때서야 일권은 자신이 팽(烹) 당했다는 것을 깨달았다.

전에는 부하들이 그런 소리를 할 때마다 좋은 말로 타이르던 일권도, 뒤늦게 자신의 처지를 깨닫자 속으로 칼을 갈았다.

그렇지만 자신의 이상인 의리와 복수에 대한 갈등으로 그동안 행동을 보이지 않았을 뿐.

그런데 이제는 그런 고민을 할 필요도 없어졌다.

자신이 의리를 지켜야 할 최만수는 죽고, 조직의 두목으로 그 아들인 진혁이 올라왔다.

왕위 계승도 아니고, 조직에 그런 것이 가당키나 한 말인가?

진혁이 조직의 두목으로 오르려 할 때, 일권은 자신을 따르는 동생들을 데리고 판을 뒤엎으려 했다.

그런데 자신이 그럴 것을 예견이라도 한 것인지, 죽은 최만수는 김용성이란 자신의 대항마를 준비해 놓고 있었다.

김용성이 젊고 능력이 있다는 것은 알고 있었지만……
설마 자신과 비슷한 정도의 세력과 역량을 가지고 있을 줄
은 일권은 몰랐다.

그리고 그게 패착이었다.

물론 끝까지 밀고 들어갔다면 결과가 어떻게 나올지는
아무도 모를 터.

아니, 어쩌면 자신이 진혁과 김용성의 세력을 밀어낼 수
도 있을 것이다.

하지만 그렇게 된다면 자신 역시 많은 피해를 입게 된
다.

그 말은 주변에서 자신들을 주시하고 있던 하이에나들이
어부지리 할 게 뻔하다는 소리.

어쩔 수 없이 눈물을 머금고 한 발 후퇴했다.

다만 자신이 장악한 압구정에 대한 기득권을 행사해 더
이상 2대 두목인 진혁에게 상납금을 내지 않겠다, 선언해
독립된 조직으로 만들었다.

즉, 압구정과 청담을 구역으로 하던 만수파가 외부적으
로는 한 조직이지만, 내부적으로는 기존의 만수파와 압구
정을 담당하던 일권파로 나뉜 것이다.

그렇게 나뉜 만수파와 일권파.

이렇게 균형을 이루던 곳에 김한수 의원이 끼어들었다.

그저 자신의 기분을 상하게 했다는 이유로 아무렇지 않

게 뇌물까지 처먹고, 오히려 진혁과 대립하고 있는 일권에게 손을 내민 것이다.

그리고 일권은 그 손을 잡았다.

기존 자신의 이상과 거리가 먼, 아니, 이젠 일권에게도 나이가 먹어 어린 시절 꿈꾸던 건달의 이야기는 이미 퇴색한 지 오래되었다.

일권 자신조차 변했음을 인지하고 있었다.

그렇기에 김동한 보좌관이 가져온 제안을 쉽게 받아들였다.

어린 시절 꿈은 이상에 불과한단 사실을 깨달은 일권은 또 다른 꿈을 대신 꾸기 시작했다.

그건 바로 최만수와 같이 대한민국의 중심인 서울에 자리를 잡는 것이었다.

그것도 서울 변방이 아닌, 압구정을 중심으로 강남 전부를 차지하는 것이 새로운 꿈이 되었다.

더욱이 지금은 그 시기가 아주 좋았다.

자신을 누르던 최만수도 죽었고, 또 강남의 실질적 지배자였던 진원파도 이젠 없다.

아니, 그 잔존 세력이 조금 남아 있긴 하지만 자신이 가진 세력이라면 충분히 그들을 흡수할 수 있을 것이다.

다만 그러기 위해선 일단 자신이 속한 만수파를 먼저 흡수해야만 했다.

그래야 기존의 조직들이 자신을 인정해 줄 것이기 때문이다.

비록 자신의 뒤에 김한수 의원이 있다고는 하지만, 다른 거대 조직들도 그들의 뒤에 국회의원이나 그에 준하는 거물들이 뒤를 봐주고 있기 때문에 명분 없이 움직이다가는 어느 칼에 목이 날아갈지 알 수 없었다.

그러니 일단 만수파를 흡수하고 그다음 어수선한 강남을 차지한다면, 감히 다른 조직들이 자신에게 뭐라 하지는 못할 것이 분명했다.

어찌 되었든 강남 지역은 김한수 의원의 텃밭. 자신이 청담은 물론이고 강남까지 차지한다면 김한수 의원이 방패막이가 되어 줄 것이 분명했다.

물론 그에 상응하는 상납을 해야 하겠지만 말이다.

어떻게 보면 예전 최만수의 밑에 있던 것이나, 이젠 김한수 의원의 밑에 있는 것이나 비슷해 보이기는 하지만, 그래도 작은 지역 조폭 두목의 밑에 있는 것 보다는 김한수 의원 밑으로 들어가는 것이 훨씬 폼이 나지 않겠는가?

어차피 김한수 의원이 조직을 관리하는 것도 아니고, 조직은 자신이 거느릴 것이니 말이다.

더욱이 압구정을 관리하고 그 수입 중 일부를 최만수에게 상납하는 것 보다, 압구정, 청담 그리고 거대한 강남과 잠실을 포함한 진원파의 지역까지 모두 차지한다면, 그 수

입은 이전과는 단위가 다를 터.

그러니 일권이 입에 자연스럽게 미소가 걸리는 것은 당연했다.

◈　　◈　　◈

샹그릴라 호텔 지하 주차장 4층에 일단의 남자들이 모여 있었다.

평소라면 이곳은 텅텅 비기 때문에 에너지 절감 차원에서 등이 모두 꺼져 있을 것인데, 오늘은 무슨 이유에서인지 넓은 주차장에 차는 몇 대 보이지 않고, 검은 양복을 입은 장정들이 모여 있었다.

100여 명에 이르는 많은 사내들이 모여 있었다.

"창근 형님, 오늘 저희 왜 모인 겁니까?"

"낸들 아냐…… 그냥 모이라니 모이는 거지."

"제길. 요즘 주변에서 우릴 노린다는 소문이 있는데, 습격이 있는 건 아니겠죠?"

"설마 그러겠냐? 얼마 뒷면 총선이라고 요즘 검찰하고 경찰에서 우릴 주시하고 있는데…… 거기다 몇 달 전 강남에서 그 사건 때문에 지금 보는 눈이 많아 아마 그러진 않을 거다."

창근이라 불린 사내가 불안해하는 부하에게 현재 주변

상황에 대하여 설명을 하며 타일렀다.

"그렇겠죠? 그런데 그건 누가 그랬을 것 같습니까?"

"뭐?"

"그거 말입니다. 진원파 애들 아작 내 버린 조직이 어딘지 형님은 아시냐고요."

부하의 질문에 자신도 모르는 문제를 물어 오자 머리를 한 대 치고는 말을 했다.

"얌마, 그걸 내가 어떻게 알아! 그때 난 이상한 놈에게 당해 병원에 입원해 있었는데."

괜히 질문을 했던 부하는 얻어맞은 뒤통수를 어루만지며 입을 불퉁거렸다.

"혹시나 했지 말입니다. 그래도 형님은 조직에서 간부에 속하지 않습니까?"

확실히 부하의 말대로 전창근은 많은 간부들이 은퇴한 지금, 새로운 만수파에서 그래도 부하 16명을 거느린 소두목이다.

그러니 혹시라도 아는 게 있지 않을까…… 하는 생각에 그의 부하가 물은 것이다.

그런데 이런 두 사람의 대화는 이곳이 지하라는 것 때문에 크게 울리고 있어, 주변에 있는 다른 사람들의 귀에도 크게 들렸다.

조폭이란 자들이 주변을 생각해 목소리를 줄이는 법이

없기 때문에 이곳이 지하가 아니라도 어쩌면 두 사람의 말은 주변에 있는 사람들의 귀에 다 들렸을 것이다.

두 사람의 이야기를 듣고 있던 사람들도 진원 빌딩에서 있던 미스터리한 사건에 관해 떠들기 시작했다.

사실 진원빌딩에 진원파 정예들이 모두 상주해 있었다.

진원파는 서울에 산재한 많은 조직들 중에서도 수위에 들어가는 조직.

그러니 서울의 노른자위인 강남을 차지한 것이 아니겠는가?

그런데 그런 진원파의 본거지가 의문의 조직에 의해 습격을 당해 난장판이 되어 버렸다.

뿐만 아니라 경찰에선 심장마비라 발표를 했지만, 그 소식을 들은 사람들은 어느 누구도 그리 믿지 않았다.

어떻게 조직원들이 다쳐 병원에 실려 갔는데, 정작 두목은 심장마비로 죽었다는 말을 믿으란 말인가?

아무튼 두목은 어찌 되었든 죽고, 핵심 간부와 조직원들은 모두 병신이 되거나 최소 10주 이상의 중상을 입었다.

현재 남아 있는 조직원들도 언제 습격을 당할지 몰라 본거지에서 나오지 못하고 전전긍긍하고 있었다.

이 자리에 있는 이들도 진원파를 그렇게 만든 조직이 자신들도 습격하는 것은 아닌지 걱정을 하면서도 또 다른 한편으로는 무주공산이 된 강남에 진출하면 어떤가, 하는 망상을 하고 있었다.

지하에 모인 이들이 이렇게 몇몇 소그룹으로 모여 떠들고 있을 때, 엘리베이터가 도착하는 소리가 들렸다.

띵!

평소 내려오지 않던 엘리베이터에서 소리가 나자 언제 떠들었냐는 듯 사내들은 얼른 입을 닫고 줄을 섰다.

특전사 출신인 김용성이 관리를 했기 때문인지, 이들은 조금 전 자유분방하게 있던 것과 대조적으로 오와 열을 맞춰 섰다.

"이쪽으로 오십시오."

아직 사람은 보이지 않지만 누군가 걸어오며 말을 하는 것이 들렸다.

목소리의 주인은 자신들이 잘 알고 있는 김용성 전무였다.

그런데 조직의 2인자인 김용성이 존대를 하며 모시고 오는 사람이 누군지 이들은 무척이나 궁금해졌다.

저벅, 저벅.

발자국 소리가 가까워지자 사람들의 시선이 몰렸다.

조금 뒤면 코너를 돌아 나오는 사람의 모습이 보일 것이다.

먼저 보이는 사람은 자신들이 잘 알고 있는 김용성 전무의 모습이었다.

단단한 바위가 걸어오는 듯한 김용성 전무의 모습에 줄을 맞춰 서 있던 사내들이 긴장을 하며 대기를 했다.

그런데 누군가 오길 기다리던 이들은 김용성 전무의 뒤를 따라 모습이 보이는 사내의 모습을 확인하고 눈이 부릅떠졌다.

복도에서 세 명의 사내가 걸어 나왔지만 그들의 눈은 하나같이 단 한 사람의 모습을 눈에 담았다.

그리고 그 사람의 모습을 확인한 사내들의 눈에는 두려움으로 가득했다.

그도 그럴 것이…… 2달인가, 3달 전쯤 이곳에서 지금 자신들을 향해 걸어오는 사내에게 묵사발이 되도록 얻어터졌기 때문이다.

당시 당했던 몇몇은 아직도 병원에 통원 치료를 하고 있고, 또 몇은 조폭 생활을 접고 은퇴를 했다.

은퇴한 이들 중 정상적인 상태로 일을 그만둔 사람은 아무도 없었다.

그들은 병원에서 남은 평생 장애를 앉고 살아야 한다는 소리를 들었다.

그동안 자신들이 저지른 짓을 생각하면 그나마 목숨을 건진 것만도 감사할 일이지만 그들은 너무나 억울했다.

잘못은 다른 이들도 같이 했다.

누구는 그냥 치료하면 나을 수 있는 부상이고, 자신들은 장애자가 돼야 한다는 말이 너무나 억울했다.

그랬거나 저랬거나 아무튼 김용성의 명령으로 샹그릴라 호텔 지하에 모여 있던 사내들은 지금 김용성의 뒤에 따라오는 성환의 모습을 확인하자마자 다리가 후들거렸다.

혹시라도 그때처럼 또 당하는 게 아닌지 두려움 때문이다.

성환을 안내하며 내려온 김용성은 금방 이곳의 분위기가 조금 전과 다르다는 것을 깨달았다.

평소라면 절대로 이러지 않았을 것인데, 만수파의 정예들이 지금 뭔가에 동요하고 있었다.

만수파에선 절대로 있을 수 없는 일이 지금 눈앞에 벌어지고 있는 것이다.

이곳에 모인 이들 중 절반 이상은 자신이 특전사에서 배웠던 것을 가르쳤다.

그렇기 때문에 이들은 절대로 자신의 앞에서 이렇게 소란스럽거나 동요한 모습을 보이지 않는다.

자신의 성격을 알기에 이런 소란을 절대로 용서하지 않는다.

그것을 잘 알고 있는 조직원들이 이렇게나 소란한 것에 용성은 동생들의 시선을 따라가 보았다.

처음에는 무엇 때문에 그리 동요하는지 몰랐다가, 그들이 주시하고 있는 곳이 자신의 뒤쪽이란 것을 깨닫고 뒤를 돌아보았다.

그리고 그곳에서 깨달을 수 있었다.

조금 전까지 자신의 뒤에서 이야기를 들으며 조용히 따라오던 성환이 차갑게 미소를 짓고 있는 것이 보였기 때문이다.

'음, 저들이 교관님을 언제 봤었나 보구나.'

김용성은 정확히 알 수는 없지만, 자신이 모르는 뭔가 있음을 짐작할 수 있었다.

어찌 되었든 성환이 자신들을 뒤를 봐주고 있음을 저들에게 알린다면 두려움 가득한 저들의 표정은 정반대의 표정으로 변할 것이니 용성은 애써 모르는 척 걸어가 그들의 앞에 섰다.

동요하고 있는 동생들을 보던 용성은 큰소리로 소리쳤다.

"주목!"

지하 주차장을 울리는 큰소리에 성환을 보며 동요하던 만수파 정예들이 깜작 놀라며 용성을 주시했다.

너무 놀라 그런지, 조금 전까지만 해도 성환의 모습에 동요하고 조금은 어수선하던 것이 순식간에 바늘 떨어지는 소리도 들릴 정도로 조용해졌다.

그러자 용성은 준비가 되었다는 생각에 연설을 하기 시작했다.

"오늘부로 우리 만수파는 새로운 역사를 쓸 것이다. 그리고 그 중심에 너희가 있을 것이다."

김용성의 연설은 무척이나 진지하고, 또 한편으로는 사나이의 가슴을 울리는 그런 연설이었다.

언제 그런 재주를 익혔는지 듣는 이로 하여금 그의 말이 그대로 이루어질 것 같은 믿음을 가지게 만들었다.

그런 용성의 연설을 뒤에서 듣고 있던 성환은 피식 미소를 지었다.

'훗, 저것도 재주는 재주군. 용성에게 저런 재주가 있는지 몰랐어.'

성환은 용성이 하는 것을 뒤에서 듣고 있다 무언가 새로운 계획을 머릿속에 세웠다.

특전사에 복무하면서 가끔 특별 수련 때, 무술을 가르쳤던 자들 중 한 명에 불과하던 용성에게서 뜻밖의 재능을 본 것이다.

생각지도 않은 곳에서 인재를 발견한 성환의 표정이 이곳에 오고 처음으로 변화가 발생했다.

김용성의 안내를 받아 지하로 내려온 성환은 처음 이들의 기를 죽여 놓기 위해 굳은 표정으로 일관하고 있었다.

그 때문에 성환의 얼굴을 알고 있는 자들은 더욱 긴장하고 있었다.

그런데 그런 성환의 입가에 미소가 머물자 성환의 몸에서 풍기던 기운이 조금 전과 반대로 변했다.

전에는 한겨울의 칼바람과 같은 차가운 분위기였다면, 지금은 오뉴월의 따뜻한 햇살과 같았다.

하지만 앞만 보고 떠들고 있는 용성은 그런 변화를 느끼지 못했다.

그저 전면에 보이는 동생들의 표정이 처음과 다르게 뭔가 홀린 듯한 표정을 보이자 그저 자신의 연설에 감동했나, 라는 생각뿐이었다.

'짜식들, 내 연설이 그리 감동적이었나?'

아무것도 모르는 용성은 그렇게 자신의 연설에 감동한 동생들을 귀엽다는 듯 쳐다보며 연설을 계속했다.

◆　　◆　　◆

"빨리, 빨리 내려!"

탁! 탁! 탁!

검은 색 승용차에서 내린 남자는 뒤따라오던 승합차에 대고 소리쳤다.

승합차들은 이곳 샹그릴라 호텔 지하 3층에 정차를 한 다음 탑승객을 토해 내고 있었다.

그런데 승합차에서 내리는 사람들의 면면이 아주 심상치

않았다.

흰색 면 티 위에 겉에는 품이 넉넉한 정장을 입고 있는 것이 딱 조폭이었다.

그들은 승합차에서 내리기 무섭게 승용차에서 내린 남자의 지시에 따라 줄을 맞춰 섰다.

"칠성아, 상렬이는 아직 도착 안 했냐?"

"예, 행님! 아직 도착 안 했습니다."

승용차에서 아직 내리지 않은 일권의 물음에 칠성은 얼른 대답을 했다.

칠성이 데려온 부하는 총 30명.

고작 30명, 만수파 본거지인 이곳 샹그릴라에 있는 조직원들을 제압하기는 부족한 숫자였다.

아무래도 이곳이 만수파의 본거지이기 때문에 만수파의 최정예 조직원들이 상주하고 있을 것이다.

비록 숫자에서는 자신들이 조금 많다고 하지만, 안심할 정도는 아니다.

아니, 현재 자신들이 하려는 일은 조직의 두목에 반기를 든 것이니, 방관하고 있는 이들에게 경고 차원에서 확실하게 자신들의 힘을 보일 필요가 있다.

그래서 일권은 자신의 오른팔인 칠성을 시켜 자신과 함께 중심에서 밀려난 곽상렬에게 연락을 해 부하들을 데려오라 한 것이다.

곽상렬도 자신처럼 중심에서 밀려나 불만을 가지고 있는 간부 중 한 명이었다.

박일권은 그렇게 만수파에 불만이 있는 간부들을 끌어모아 오늘 이곳을 기습하기로 모의 했다.

"그럼 상철이는 몇 명이나 데려온다고 하던?"

"상철 행님은 행동대 20명 모두 끌고 온다 했습니다."

"그래? 상철이도 작정을 했나 보군."

"하지만 행님, 상철 행님까지 이번 일에 끼어들면 우리에게 떨어지는 게 너무 적어지지 않겠습니까?"

"후후, 그건 너무 걱정하지 마라. 이번 기회에 진혁이 놈과 함께 처리할 것이니."

일권은 칠성의 우려에 뭔가 생각이 있는 듯 미소를 지으며 말했다.

이번 일로 일권은 상렬과 상철에게 많은 것을 약속하고 도움을 받기로 했다.

하지만 단순한 곽상렬과 다르게 잔머리를 잘 굴리는 박상철은 욕심이 많았다.

또 언제 자신의 뒤를 칠지 모르기에 일권은 두 사람의 도움을 받아 청담의 세력을 처리한 다음, 박상철까지 처리하기로 이미 상렬과 약속을 했다.

일권은 이미 박상철이 다른 조직과 손을 잡은 것을 알고 있었고, 그런 사실을 상렬에게 알려 주었다.

단순무식한 곽상렬은 그 이야기를 듣고 자신과의 약속도 잊고 박상철을 죽이겠다며 나가려 했다.

그런 상렬을 겨우 달래서 오늘의 계획을 세웠다.

물론 급하게 세운 계획이지만, 그렇다고 그리 허술한 계획도 아니다.

분명 박상철은 이번 기회에 진혁은 물론이고, 자신까지 처리해 만수파를 장악하려 할 것이 분명했다.

물론 그러기 위해서 몰래 손을 잡은 구로와 관악을 장악하고 있는 대호파의 세력을 자신의 부하들 속에 숨겨 올 것이 분명했지만 상관없었다.

진혁을 치기 위해 진입할 때, 선두에는 상철이 데려온 자들을 앞장세울 계획이니 말이다.

그렇게 둘이 치고받고 힘을 소비했을 때, 둘 다 처리하는 것이다.

잠시 기다리고 있자 지하 3층으로 진입하는 차들이 있었다.

10여 대의 승합차가 들어오고 차에서 내린 장정들이 두 무리로 나눠 자신이 있는 곳으로 다가오는 것이 보였다.

"어서들 와라!"

"하하하. 형님, 오랜만입니다."

일권이 다가오는 이들에게 말을 걸자, 다가오던 무리 중 한 곳에서 한 사람이 일권의 인사를 받았다.

그 남자는 마른 체형의 세모꼴의 눈에 입술이 가는 모사꾼과 같은 외형의 남자였다.

주변에 있는 다른 사내들과 전혀 다른 전형적인 두뇌파 깡패였다.

특이하게 대학까지 나온 자였는데, 머리 씀씀이가 자신의 이득과 연관된 곳에만 사용하다보니 최만수의 눈 밖에 난 박상철이었다.

일권은 다가오는 무리 중 박상철의 뒤를 따르는 이들을 살펴보았다.

자신의 예상대로 인원이 많았다.

얼추 따져 봐도 자신과 곽상렬이 데려온 이들을 합친 숫자와 비슷해 보였다.

그것을 보며 일권은 절대 저들이 상철이 부하들만 있지 않다는 것을 알 수 있었다.

그리고 그런 짐작은 비슷한 시간에 도착한 상렬도 할 것이란 예상을 했다.

"호! 요즘 벌이가 좋은가 보네? 애들이 많이 늘었네."

일권은 상렬에게 신호를 보내듯 상철을 보며 이야기했다.

"하하, 형님도. 요즘 하도 주변이 수상해 노는 애들 좀 불렀습니다."

별거 아니라는 듯 박상철은 일권의 말을 받았다.

"그래, 뭐 일단 네가 애들을 많이 데려오는 바람에 일이 쉽게 될 것 같다."

확실히 어찌 되었든 자신과 상렬 그리고 상철이 데려온 인원을 합치면 150명 정도 되어 보였다.

이 정도라면 이곳에 상주하고 있는 놈들이 아무리 정예라고 하지만 숫자에는 어쩔 수 없다는 생각을 했다.

다만 예상보다 많은 숫자의 인원을 데려온 상철 때문에 자신과 상렬이 데려온 동생들의 피해가 클 것 같아 걱정이 되었다.

"일단 밑으로 내려가자!"

상념을 지우고 일권은 지하 4층으로 내려가기로 했다.

지하 4층의 대기실에 모여 있을 조직원들을 먼저 제압을 한 다음 사무실로 들어가 두목인 최진원과 전무 김용성을 제압하기로 했다.

솔직히 부하들만 제압하면 그들은 어쩔 수 없이 대세를 따를 수밖에 없을 것이다.

이런 생각에 박일권은 150명이나 되는 인원을 이끌고 밑으로 내려갔다.

◈　　◈　　◈

샹그릴라의 지하 4층에선 진혁의 부하들이 모여 김용성

의 일장 연설을 듣고, 성환을 보고 있었다.

"조직의 수장인 최진혁 사장님께서 뒤에 계신 분을 회장님으로 추대하셨다. 눈치를 보니 다들 회장님에 대해 알고 있는 듯하니 더 이상 설명을 하진 않겠다. 다만 앞으로 결례하지 않게 각별히 주의하도록 알겠나!"

김용성이 끝으로 당부하자 주차장에 모여 있던 만수파 조직원들은 일제히 소리쳤다.

"예, 알겠습니다."

다른 말은 필요가 없었다.

이미 성환에게 당한 것이 있기에 그가 얼마나 무서운 인물인지 잘 알고 있었기 때문이다.

괜히 반대를 했다간 결말이 어떻게 된다는 것을 빤히 알고 있는데 반대할 사람이 누가 있겠는가.

그런데 이때, 저 멀리서 용성의 말에 반대를 하는 목소리가 들려왔다.

"그게 무슨 귀신 씻나락 까먹는 소리야!"

느닷없이 들린 소리에 뒤를 돌아보았다.

그리고 그곳에 일단의 대규모 인원이 주차장 램프를 돌아 내려오는 것이 보였다.

너무 멀어 그들이 누구인지는 모르지만 김용성은 방금 전 들린 목소리의 주인공인 누구인지 알 수 있었다.

"일권 형님, 지금 사장님의 결정을 반대하시는 것입니까?"

"훗, 어디서 햇병아리 하나 끌고 와서…… 뭐, 회장? 참나, 조직이 무슨 소꿉놀이도 아니고."

일권은 이들이 모여 있는 곳으로 다가오면서 최진혁과 김용성이 하는 짓거리가 어처구니없었다.

"이 새끼들 만수 형님이 어떻게 조직을 키웠는데, 족보도 모르는 놈에게 조직을 넘겨! 내가 그걸 그냥 두고 볼 줄 알았냐?!"

박일권은 마침 잘됐다는 생각이 들었다.

비록 자신이 조직을 뒤엎으려고 작정을 하고 사람을 모아 쳐들어오긴 했지만, 조금 마음이 편치 않았다.

그런데 이곳에 도착하고 보니 자신이 예상한 것보다 많은 수가 모여 있어 당황했으면서도, 누군가에게 조직을 넘긴다는 소리가 들리자 오히려 잘되었다는 생각이 들었다.

분명 저곳에 모여 있는 조직원들의 표정을 보니 뭔가 동요하고 있다는 것을 느끼고 얼른 큰소리로 반대 의견을 표했다.

한편 성환은 지금의 상황을 유심히 관찰하기 시작했다.

분위기를 보니 이곳에 내려오기 전 들었던 진혁의 반대에 서 있는 자란 것을 알 수 있었다.

'저자가 그자로군.'

성환이 살펴보니 이야기 들은 것과 다르게 일권의 얼굴

에 탐욕이 가득했다.

이미 눈은 권력욕에 흐려 있었고, 또 얼굴 가득 집중된 기운은 권력에 찌들어 있었다.

그런데 그것을 잘 포장하고 있어 아직 눈치채지 못하고 있는 것이었다.

말싸움이 커질 것 같자, 성환은 용성의 어깨를 짚고 앞으로 나섰다.

"불만 있으면 덤벼."

너무도 도발적이라 그랬을까?

방금 전까지 큰소리치던 일권이 놀란 표정으로 눈을 껌벅였다.

"하하하하, 뭐야 지금, 저 어린놈에게 조직을 넘기려고 했던 거야?"

성환이 나서는 모습을 보고 있던 박상철이 뭐가 그리 웃긴지 큰소리로 웃으며 나섰다.

박상철은 갑자기 말이 없는 일권 보다 앞으로 나서며 소리쳤다.

"야! 쓸어버려!"

상철이 이번 일의 주체인 일권 보다 먼저 명령을 내렸지만, 아무도 그 일에 관해선 신경 쓰지 않았다.

박상철의 명령에 그를 따르던 깡패들이 일제히 앞으로 달려 나갔다.

그리고 상렬과 일권의 뒤를 따르던 몇몇 깡패들도 그들을 따라 성환을 향해 달렸다.

많은 수의 깡패들이 달려오는 모습은 제법 위압적인 모습을 연출했다.

하지만 무슨 이유에서인지 원래 있던 만수파 조직원들은 움직이지 않고 있었다.

그러면서 달려드는 깡패들을 보며 어쩌면 불쌍하다는 듯 쳐다보았다.

성환은 앞으로 나서며 자신에게 달려드는 깡패들을 보며 두 손에 힘을 주었다.

그리고…… 훗날 조폭들 사이에서 전설이라 불릴 사건이 펼쳐졌다.

알루미늄 배트와 목검 등을 들고 뛰어오던 깡패들 사이로 파고든 성환은 마치 나비가 꽃밭을 날아다니듯 조폭들 사이를 돌아다녔다.

빠르지도, 그렇다고 느리지도 않은 그 움직임을 보고 있는 최진혁과 김용성 그리고 원래 모여 있던 만수파 정예들은 너무나 놀라운 광경에 턱이 빠져라 입을 크게 벌렸다.

도저히 믿기지 않는 장면이 지금 눈앞에 펼쳐지고 있었다.

성환을 보고 내려치려던 배트를 들고 그대로 멈춰 버린 깡패들, 그들은 신화에 나오는 메두사의 얼굴을 본 사람들이 돌처럼 굳은 것처럼 그대로 멈춰 버렸다.

근 80여 명에 이르는 사람들이 제각각 당황한 표정으로 석상마냥 굳어 있는 모습은 지하주차장을 공포의 도가니로 몰아넣기에 부족함이 없었다.

한편으론 웃긴 코미디 같은 모습, 하나 이 자리에 있는 사람들은 그렇게 생각하지 않았다.

최진혁이나 김용성 그리고 만수파 정예들은 그 장면을 보며 '그럼 그렇지'라는 표정이었다.

이미 당해 봐서 잘 안다.

물론 미리 지하에 있던 이들 중 성환을 모르는 이들도 있었다.

그들은 선배들이 두려운 표정을 지으며 성환을 볼 때 의문을 가지고 덩달아 두려워했었는데, 이제야 그 이유를 알게 되었다.

너무나 비현실적이라 헛웃음만 났다.

한편 자신이 데려온 이들이 모두 석상마냥 서 있는 모습에 박상철은 고함을 질렀다.

"이 새끼들아 지금 뭐하는 거야! 어서 공격하라고!"

아무리 박상철이 고래고래 소리를 쳐 보지만, 이미 성환에게 혈도가 제압된 이들은 몸이 굳어 움직이지 못했다.

"혀, 형님…… 저자 혹시 그자 아닙니까?"

박상철이 고함을 치고 있을 때, 박일권의 옆자리에 있던 곽상렬은 조심스럽게 일권에게 물었다.

자신이 본 적은 없지만 부하들에게 들어 본 적은 있었다.

사실 상렬뿐 아니라 일권도 성환의 모습을 직접 본 적은 없었다.

다만 일권은 언젠가 업소에 있던 부하들이 누군가의 습격에 엉망이 된 적이 있어 그자를 잡기 위해 업소에 설치된 CCTV를 돌려 본 적이 있었다.

그리고 화면 속에서 상처 입은 맹수처럼 날뛰던 성환의 모습을 확인했었다.

물론 너무도 빠른 움직임에 자세한 얼굴을 알 수는 없었지만 분명 저 얼굴이 분명했다.

그 때문에 상렬이 물어 온 말에 시선도 돌리지 못하고 고개만 끄덕였다.

물론 상렬도 고개를 돌려 그 모습을 보고 있지 않았다.

그의 시선은 일권처럼 성환에게서 떨어지지 않고 있었다.

마치 성환의 모습을 놓치게 된다면 어떻게라도 될 것 같은 위기감 때문에 시선을 떼지 못했다.

그러는 사이 성환은 자신에게 달려오던 깡패들을 모두 제압하고 천천히 앞으로 걸어갔다.

성환이 다가오자 고래고래 소리치던 박상철은 슬그머니

뒷걸음질 쳐 아직 남아 있는 무리의 곁으로 왔다.

"여기 일이 끝나면 찾아가려 했는데, 잘됐군."

아무런 감정이 실리지 않은 무미건조한 목소리가 성환의 입으로부터 흘러나왔다.

그런 성환의 말을 들은 박일권은 자신도 모르게 진저리를 쳤다.

그리고 자신도 모르게 뒷걸음질을 치고 있었다..

아무리 자신의 뒤에 국회의원이 있다고 하지만 지금 당장 눈앞에 있는 남자를 감당할 수 없는데, 그것이 다 무슨 소용이겠는가.

성환이 한 걸음 다가가면 박일권과 그의 패거리가 뒤로 한 걸음 물러나는 기이한 현상이 벌어지고 있었다.

몇 걸음 더 앞으로 다가가다 성환은 걸음을 멈췄다.

이렇게 하다가는 영원히 그들과 가까워질 기미가 보이지 않기 때문이다.

가만히 서서 기세를 올렸다.

비록 눈에 보이지는 않지만 성환은 자신이 주력으로 익힌 뇌정신공을 끌어올리자 주변의 대기가 진동했다.

박일권을 비롯한 조폭들은 갑자기 숨이 갑갑해져 오는 것을 느꼈다.

성환을 피해 물러났던 깡패들 중에 심약한 이들이 하나 둘 무릎을 꿇기 시작했다.

그리고 나중에는 이들의 우두머리인 박일권과 곽상렬도 결국 무릎을 꿇고 말았다.

물론 박상철은 진즉 무릎을 꿇은 상태로, 성환의 기세에 눌려 기절해 있었다.

사실 여기 있는 이들 중 가장 먼저 성환에게 무릎을 꿇은 자가 바로 박상철이었다.

전형적인 모사꾼인 박상철은 깡과 악으로 뭉친 다른 이들과 다르게 잘 돌아가는 잔머리로 간부의 자리에 있는 자였기에 성환의 기세에 대항할 어떤 것도 가지고 있지 못했다.

한편 이런 일련의 상황을 뒤에서 지켜보던 자들은 아까보다 더 경악을 하였다.

비록 일부지만 몇몇은 자신에게 향한 것도 아닌데, 성환의 기세에 놀라 그만 자리에 실례를 하고 말았다.

물론 그것도 인지하지 못하고 있지만 말이다.

최진혁과 김용성은 성환이 엄청난 능력을 가지고 있음을 알고 있었다.

특히나 김용성은 성환의 신비한 능력을 목격하기도 했었다.

그런데 오늘 본 것은 예전 군대에 있을 때 보았던 것보다 더 엄청났다.

그냥 가만히 쳐다보기만 했는데, 산전수전(山戰水戰)다

겪고, 피 튀기는 살벌한 전장을 헤쳐 온 조폭들을 기세만
으로 제압한 성환이 도저히 인간으로 보이지 않았다.

'다행이다.'

누가 먼저랄 것도 없이 최진혁과 김용성은 비슷한 시각
에 그런 생각을 했다.

"회장님, 감사합니다."

진혁은 얼른 성환의 곁으로 다가가 성환을 부르며 인사
를 하였다.

옆에 다가와 말을 거는 진혁을 돌아본 성환은 진혁에게
뒤처리를 맡겼다.

"뒤는 네가 처리해라."

"알겠습니다, 오늘 정말 감사합니다."

"그래, 앞으로 할 일이 많다. 빠르게 내부 단속을 하고
강남까지 진출해야지."

"예."

진혁에게 지시를 내리고 성환은 뒤돌아 용성이 있는 쪽
으로 다가갔다.

지시를 하고 걸어오는 성환, 그런 성환이 자신의 곁을
지나자 그 모습 지켜보던 만수파 조직원들은 자신도 모르
게 지나갈 길을 만들었다.

마치 모세의 기적을 보듯 양쪽으로 갈라져 도열하는 모
습은 가히 장관이었다.

물론 주변에 뭔가를 내려치려다 굳은 박상철의 부하들의 모습과 대조가 되어 조금은 그로테스크한 모습이기는 하지만 말이다.

2.
강남 진출

샹그릴라 호텔에서 청담동에 있는 조직원들을 결집시키기 위해 모임을 가지는 현장에 만수파의 또 다른 계파인 박일권의 패거리가 습격을 해 왔다.

원래 성환과 진혁의 계획은 일단 진혁이 맡고 있는 청담동을 보다 확실하게 단속하기로 하였다.

그 때문에 급하게 전화를 돌려 퍼져 있는 조직원들을 모았다.

이렇게 일단 자신을 따르는 조직원들을 단합시키고, 틈을 봐 요즘 불온한 움직임을 보이고 있는 압구정의 조직원들을 손보려 했다.

압구정의 조직원들 중 가장 큰 박일권 계파와 음흉하고

또 무슨 생각을 하는지 알기 어려운 박상철의 조직은 최진혁이 그냥 끌고 가기에는 부담이 있었다.

진혁의 옆에 김용성이 있다고 하지만, 이 두 사람만은 함께하기 힘들다 생각하고 나중에 손을 보려고 했다.

물론 압구정으로 밀려난 계파 중에서 곽상렬의 조직도 조금 부담이 되긴 하지만 그래도 단순 무식하면서도 우직하고 또 의리 있는 사람이라 판단이 되기에 박일권과 박상철을 처리한 다음 곽상렬은 밑으로 받아들이기로 했다.

압구정에 있는 조직 중 간부들을 모두 처리하면 남은 조직원을 추스르는 데 많은 시간이 걸리기 때문에 그렇게 내부 조율을 했었다.

하지만 진혁이 조직원을 불러 단합하려는 곳에 박일권과 박상철이 선수를 쳤다.

100여 명이 넘는 아니, 거의 150명에 가까운 인원을 데려와 회합 장소를 습격했다.

만수파의 절반인 압구정을 지배하는 큰 계파 세 곳이 연합해 쳐들어온 것이다.

상식적으로 생각하면 최진혁의 세력은 그들을 막을 수 없었다.

비록 진혁이 회합을 위해 청담에 있는 조직원들을 모았다고 하지만, 그중에서 핵심 멤버들만 모은 것이라 습격한 이들에 비해 인원이 부족했다.

그렇지만 결과는 정반대로 나타났다.

많은 숫자를 대동하고 습격을 했으나 최진혁의 옆에는 절대적인 존재가 있었다는 것이 박일권과 박상철의 패인이었다.

아니, 성환에 대해 어느 정도 알고 있으면서도 샹그릴라 호텔 주차장에서조차 못 알아본 게 박일권으로써는 최대의 실수였다.

김한수 의원에게 뒤를 봐주겠단 제의를 받았을 때까지만 해도 최고의 운이었을지 모르지만, 성환이 반대편에 선 순간 그의 운은 끝난 것이었다.

아무튼 만수파를 장악하기 위해 세력을 모아 습격을 했지만, 오히려 제압이 되어 모든 것이 수포로 돌아갔다.

아니, 이젠 조직의 세계에서 아예 퇴장을 하게 되었다.

그리고 최진혁은 불안한 지배가 아닌 압구정과 청담을 실질적으로 지배하는 완벽한 두목의 자리에 오르게 되었다.

더 이상 진혁을 위협할 만한 간부가 남아 있지 않았기 때문이다.

◈　　◈　　◈

"형님, 쉽게 가시지요."

창근은 한때 형님이라 부르던 박일권에게 권유하였다.

일권의 남자다움에 반해 그를 존경하기도 했지만, 어찌되었던 지금은 그가 두목에게 반기를 들었다가 제압이 된 상태.

이젠 조직에 가졌던 모든 권리를 내려놓고 은퇴를 해야만 할 때였다.

하지만 일권도 쉽게 자신의 권리를 내려놓을 생각이 없었다.

아까 전이야 무지막지한 성환이 있었기에 그런 것이지만, 지금은 그도 없고, 또 자신의 뒤에는 김한수 의원이 버티고 있지 않은가.

모처럼 김한수 의원이 자신의 뒤를 봐주기로 했는데, 굳이 모든 것을 포기하고 은퇴할 필요를 느끼지 못했다.

마음이 어느 정도 진정이 되니 여유가 생기면서 자신을 압박하고 있는 창근이 우스웠다.

"후후, 그러지 말고 그냥 너희가 은퇴를 하는 게 어떠냐? 아니, 내 밑으로 들어오는 건 어때?"

"지금 그게 가능하다고 보십니까?"

창근은 기가 막혔다.

이미 전세 역전이 되어 아니, 모두 제압되어 있는데, 자신을 꾀다니, 그게 말이 되는 소린가?

더욱이 이쪽에는 상상도 못할 괴물이 버티고 있다.

하지만 뭔가 믿는 구석이 있는지 일권이 입가에 미소를 머금고 있는 것이 이상하게 걸렸다.

"내가 생각도 없이 움직였다고 생각하나?"

"그게 무슨 소립니까?"

"내 뒤에 누가 있는지 알고나 있나?"

"형님, 다른 조직과 손을 잡은 것입니까? 그렇다면 포기하십시오."

창근은 박일권이 다른 조직과의 관계가 있는 게 아닌가 의심했다.

물론 일권이 다른 조직과 손을 잡았다고 해도 두려울 것은 없었다.

이미 회장으로 추대된 성환의 무력을 겪어 보았고, 또 조금 전 눈으로 확인도 하지 않았는가 말이다.

감히 한 개인이 벌인 일이라고는 상상도 하지 못할 일을 너무도 쉽게 150명 가까운 조폭을 제압하는 모습은 다시 겪기 두려운 모습이었다.

그리고 그런 가공할 무력을 가진 사람의 존재는 조심스럽게 예전 잊었던 꿈을 다시 꾸게 만들었다.

이런 생각을 가지고 있는 창근에게 박일권이 자신의 뒤에 누가 있음을 언급했다.

"내 뒤에는 김한수 의원이 있다."

"김한수 의원이요?"

"그래, 여당의 최고위원인 김한수 의원 말이다. 이미 김한수 의원에게서 약속을 받아 놓고 이곳을 찾았다."

"음……."

창근은 박일권의 뒤에 여당의 최고의원인 김한수 의원이 도사리고 있다는 말에 깜짝 놀랐다.

아무리 배움이 짧다 해도 김한수 의원이 누구인지 잘 알고 있다.

자신의 말에 주춤하는 창근의 모습을 보던 박일권은 더욱 여유를 가지며 말을 하였다.

"아까 그가 아무리 대단한 능력을 가지고 있다고 하지만, 국회의원인 김한수 의원을 당할 수는 없다. 그러니 네가 내 밑으로 들어와 우릴 풀어 준다면 네 공을 잊지 않고 잘 챙겨 주마."

자신을 유혹하는 소리란 것을 알면서도 창근은 고민이 되었다.

정말로 박일권의 뒤에 김한수 의원이 있다면 생각해 볼 문제였다.

창근은 잠시 생각을 해 보았다.

괴물과 같은 무력을 가진 회장을 배경으로 둔 최진혁을 따를 것인지, 아니면 국회의원인 김한수 의원을 배경으로 둔 박일권을 따를 것인지 고민을 한 것이다.

하지만 결론은 금방 났다.

아무리 국회의원이라고 하지만 회장의 무력을 어떻게 할 수는 없을 터.

더욱이 자신들과 다르게 회장은 지금까지 그 어떤 소문도 없었기에 함부로 예단할 수 없는 존재였다.

특히 겪어 본 자신이 생각하기에 아무리 국회의원이라지만 그를 막을 수 있을 것이라는 생각이 들지 않았다.

막말로 회장이 김한수 의원의 집으로 쳐들어가면 어떻게 막을 것인가?

그리고 자신이 배신을 하고 박일권을 따른다고 해도 처음에야 어느 정도 대우를 해 주겠지만, 엄밀히 따지면 자신은 박일권의 식구가 아니다.

그러니 박일권이 만수파를 접수하고 일권파로 만들었을 때, 자신의 위치가 지금보다 더 높은 곳으로 올라갈 것이란 보장도 없었다.

그런데 굳이 배신을 할 필요가 있냐는 결론에 이르렀다.

결론이 나자 창근은 조금 전 심각한 표정을 지었던 것을 풀고 빙그레 미소를 지었다.

그런 창근의 모습에 일권은 창근이 자신의 제안을 받아들였다고 생각을 했다.

"그래, 잘 생각은 해 보았나? 날 따르게 되면……."

"아! 형님의 말씀은 못 들은 것으로 하겠습니다. 남자가 의리가 있어야지요."

생각지도 못한 말을 창근에게서 듣게 되자 일권의 표정이 딱딱하게 굳어 버렸다.

자신의 뒤에 김한수 의원이 있다고 했는데도 거절을 한 것에 놀라 제대로 말을 할 수가 없었다.

"뭐, 뭐? 거절이라고?"

"그렇습니다. 형님이 평소 그랬지 않습니까? 건달은 의리가 있어야 한다고. 그래서 저도 최진혁 사장님께 의리를 지키기로 했습니다."

창근의 이야기를 듣고 일권은 심각하게 고민을 해 보았다.

도대체 최진혁이 가진 것이 무엇이기에 자신이 가진 국회의원 그것도 여당의 최고위원이라는 수단이 통하지 않는지 너무도 궁금했다.

갑자기 떠오른 궁금증 때문인지 일권은 창근에게 물었다.

"최 사장이 가진 것이 무엇이기에 내 제안을 거절한 거냐……. 의리라는 쓸데없는 말하지 말고 솔직히 말해 다오. 마지막 부탁이다."

진지하게 물어 오는 박일권에게 창근도 표정을 바꿔 말을 했다.

"형님을 제압한 그분…… 그러니까 오늘 저희 조직의 회장님으로 추대된 그분을 믿기 때문입니다."

"뭐?"

"형님은 그분을 오늘 처음 보시겠지만 저나 동생들은 이미 한 번 그분을 겪어 보았습니다."

"그게 무슨 말이냐?"

"만수 형님 죽기 전…… 한 번 형님처럼 당한 적이 있었지요."

"설마!"

"네, 형님도 아실 겁니다. 의문의 습격자 때문에 조직원들이 많이 은퇴를 했죠."

창근의 이야기를 듣고 놀라긴 했지만, 그래도 이해가 가지 않았다.

아무리 무력이 강력하다 하나 공권력에 미치지 못한다.

막말로 국회의원의 말 한마디면 조직이 와해될 수도 있는 문제다.

그런데 그런 것을 알면서도 자신의 제안을 거절한 것이 이해가 가지 않았다.

하지만 그건 그는 지금 창근이 꾸는 꿈을 알지 못하기 때문이다.

한때 자신도 그런 꿈을 꾸었지만, 세월이 흘러 나이를 먹다 보니 그런 꿈은 퇴색되고, 그저 위로 올라가려는 욕망만 남은 그에겐 창근의 모습은 이해할 수 있는 범위에 있지 않았다.

　　　　◆　　　　◆　　　　◆

　박일권이 있는 옆에 위치한 창고에서도 또 다른 이가 누군가로부터 뭔가 강요를 당하고 있었다.

　강요를 당하는 이는 다름 아닌 박상철이었다.

　"상철 형님, 순순히 다 털어놓으십시오."

　"이 새끼야! 감히 네가……."

　"아, 이 양반, 대우를 해 주니……. 아직 분위기 파악을 하지 못하나 본데…… 당신 끝났어!"

　한때 자신만 보면 고개를 처박던 이가 기세도 당당하게 자신을 윽박지르는 모습에 박상철은 잔뜩 기가 죽었다.

　이미 자신의 의도는 모두 수포로 돌아갔다.

　애초 박상철이 박일권의 제안을 받아 세력을 일으킨 것은 전적으로 자신이 만수파를 먹기 위해서였다.

　그래서 일부 이권을 넘겨주는 것을 조건으로 관악과 동작구를 차지한 불곰에게 부하들을 지원받았다.

　물론 일이 다 끝나고 뒤통수 맞지 않기 위해 인원은 자신이 거느린 숫자의 절반 정도만 지원을 받았다.

　괜히 일을 쉽게 처리하기 위해 많은 숫자를 받았다가는 자신이 팽 당할 수도 있기 때문에 그러한 것이다.

　팽은 한 번이면 충분히 경험한 것이지 않은가?

그래서 박상철은 이번에도 일이 끝난 뒤 당하지 않기 위해 자신이 먼저 선수 치기로 하였다.

하지만 계획은 뜻대로 되지 않았다.

듣던 것과 다르게 많은 숫자가 있어 잠시 주춤하긴 했지만, 그래도 일단 자신이 속한 쪽이 쪽수가 많으니 유리하다 생각하고 먼저 나섰다.

일단 이런 일에는 기선이 중요했기에 자신이 먼저 나섰다.

물론 자신의 직속 부하들은 살짝 뒤로 물리고 불곰에게서 지원받은 인원을 먼저 투입했다.

하지만 웬 괴물 하나 때문에 모든 일이 끝장나 버렸다.

지금도 그건 믿기지 않았다.

어떻게 인간이 그런 움직임을 보일 수 있는 것인지 믿을 수가 없었다.

"……형님, 잠드셨습니까? 이러심 안 됩니다."

명철의 가벼운 말에 조금 전 상황을 생각하고 있던 상철은 다시 현실로 돌아왔다.

"형님, 마지막으로 말씀드립니다. 우리 좋게 끝냅시다. 이미 형님에 관해선 지침이 내려왔습니다. 온전하게 은퇴하시길 원한다면 순순히 저의 말에 따라 주십시오."

사실 명철은 이미 이곳에 오기 전 전무인 김용성에게서 지침을 받았다.

박성철이 가지고 있던 사업장과 비밀 금고에 있는 조직의 운영비 그리고 비밀 사업장에 관한 것들을 넘겨받으라는 지시를 받은 것이다.

어차피 박상철이 운영하던 사업장은 모두 만수파에서 나온 자금으로 만든 사업장이기 때문에 소유 이전만 시키면 되는 일이었다.

다만 그동안 사업장을 운영하면서 매출액을 몰래 빼돌려 자신만의 비밀 사업장을 만든 것을 찾기 위해 이렇게 귀찮은 절차를 받는 중이었다.

사실 박성철은 뛰어난 머리를 이용해 만수파 두목인 최만수로부터 조직의 자금을 관리 맡고 있었다.

조직의 자금을 가지고 여러 가지 일을 하면서 수익을 냈는데, 이때 박상철은 상당한 돈을 자신의 몫으로 빼돌렸다.

나중에 은퇴를 한 뒤에 사용할 목적으로 빼돌린 것이다.

물론 그렇게 빼돌린 돈을 그냥 땅속에 묻어 두지 않고, 일부는 땅을 사고, 또 일부는 주식을 했다.

그렇게 차곡차곡 돈을 쌓다 보니 욕심이 난 박상철은, 기회를 엿봤다.

박일권이 두목인 최만수의 뒤를 이은 최진혁을 밀어내고 만수파 두목의 자리를 노리자, 덩달아 그 자리에 욕심을 내기 시작했다.

그리고 박일권이 일을 벌이기 위해 자신에게 손을 내밀자 옳다구나 하고 그 손을 잡았다.

물론 뒤로 불곰파와 손을 잡고서 말이다.

그런데 이렇게 계획은 자신의 생각대로 흐르지 않고 붙잡혀 은퇴를 하게 되었다.

"아주 파격적인 제안입니다. 사장님이나 전무님께서 순순히 모든 것은 내놓는다면 아무 이상 없이 은퇴를 할 수 있게 해 준다 했습니다. 뭐…… 저희들이야 위에서 그러라니 그대로 따르는 것이지, 형님도 아시죠? 이런 일이 흔하지 않다는 것 말입니다."

구구절절 박성철의 귀를 간질이는 명철의 말에 박상철은 잠시 생각을 하다 고개를 흔들었다.

'제길, 안 되겠지! 그 괴물을 다시 만나긴 싫으니..'

박상철은 자신이 가진 것을 조금 숨기려 했다가 생각을 접었다.

비록 머리를 쓰는 쪽이었지만, 자신도 조폭이었기에 이들이 돈에 관해서 잔인해지는지 충분히 알고 있었다.

더욱이 기세만으로 악으로 뭉친 조폭을 굴복시킨 성환을 다시 보기 두려웠다.

"알았다. 내가 모든 걸 다 내놓으면 정말로 무사히 보내주는 거냐?"

"그건 걱정하지 마십시오. 아까도 얘기했듯, 이미 위에서 그렇게 하라고 지시가 내려왔습니다. 하지만 하나라도 숨기는 것이 있으면 저도 어쩔 수 없습니다."

명철은 대답을 하면서도 은근하게 협박하는 것을 잊지 않았다.

대가 약한 박상철은 이미 모든 것을 포기하고 순순히 대답하고 서명을 했다.

머리가 좋다 보니 어떤 것이 자신에게 이로운 것인지 금방 깨달은 것이다.

자신이 버틴다고 끝이 아니란 것을 잘 알고 있었다.

자신이 버티면 버틸수록 육체의 고통만 늘어난다는 사실을 말이다.

고문을 당하고 서명하는 것 보다는 그냥 해 주고 풀려나는 것이 백 번, 천 번 나은 것 아니겠는가?

이렇게 박상철이 모든 걸 포기하고 서명을 하고 있을 때, 또 다른 창고에서는 박일권이나 박상철과 다르게 일이 진행되고 있었다.

◈　　◈　　◈

"왜 그랬나?"

"뭐가!"

"그래도 큰형님이신 최만수 형님이 많이 챙겨 주셨는데,

어떻게 그럴 수 있냐?"

"야 인마! 만수 형님이 날 챙겨 줘? 허참……."

"새끼야! 네 새끼 아프다고 했을 때, 병원비 누가 대 줬냐! 그리고 네 아버지 암으로 입원했을 당시 수술비 누가 대 줬어!"

곽상렬은 거듭되는 김용성의 물음에 대답을 하지 못했다.

정말로 자식이 아팠을 때 부족한 돈을 해 준 것도 최만수였고, 또 자신의 아버지가 암으로 급하게 수술비가 필요할 때도 마련해 준 것이 바로 최만수였다.

그랬는데…… 조금 섭섭하게 했다고 이렇게 조직에 반기를 들었으니 할 말이 없었다.

"앞으로 어떻게 할 거냐?"

김용성은 곽상렬이 고개를 숙이며 반성을 하는 것 같아 얼른 물었다.

박일권, 박상철과 다르게 내부적으로 곽상렬은 살리기로 한 것이다.

비록 그 죄가 크지만 그래도 상렬은 쓸모가 있다는 판단 때문이다.

그리고 많은 간부들이 성환 때문에 은퇴를 한 지금 박일권에 이어 상렬까지 은퇴를 하게 되면 많은 전력이 빠지는 것이기 때문에 성환의 존재를 알지 못하는 주변 조직들에게 빌미를 줄 위험이 있기에 그런 선택을 하게 되었다.

곽상렬 정도는 박일권과 박상철을 쳐 낸 만수파에서 최진혁을 위협하지 못하기 때문이다.

물론 외부 조직들이 만수파를 노리게 된다면 회장으로 추대된 성환에 의해 뜨거운 맛을 보게 되겠지만 일단 일이 번지는 것은 만수파에게 도움이 되지 않았다.

가뜩이나 진원빌딩 사건으로 경찰들이 조직들의 움직임을 예의 주시하고 있는 시점에서 괜히 긁어 부스럼을 일으킬 필요는 없었다.

"내가 잘 말해 둘 테니, 넌 당분간 자숙하고 있어라."

상렬은 자신이 한 일의 파장을 알기에 자신의 앞날이 어떻다는 것을 잘 알고 있었다.

그런데 지금 김용성이 이상한 말을 하고 있었다.

분명 자신이 벌인 일을 생각하면 죽지 않는 것만도 다행이라고 할 수 있는 일인데, 지금 뭔가 이상한 소리를 들었다.

"방금 뭐라고 했냐?"

자신이 잘못 들은 것이라 생각한 곽상렬은 고개를 들고 용성에게 물었다.

그런 상렬을 본 용성은 다시 한 번 차분하게 들려주었다.

"넌 내가 어떻게든 구제해 볼 테니, 조용히 업장에 가서 기다리라고."

"그게 정말이냐? 얘들은?"

"사실 이번 일은 나로서도 좀 뜻밖이지만……. 이번 일이 아니더라도 박일권과 박상철은 은퇴시킬 생각이었다. 그곳에 네가 껴서 나나 최 사장도 많이 당황했다."

비슷한 시기에 조직에 들어왔고, 또 성격이 비슷해 친구로 지내던 두 사람이기에 용성은 편하게 상렬에게 이야기를 했다.

상렬은 자신의 안전이 확보되자 조금 전과 다르게 조금 편한 기분으로 물었다.

"그런데…… 아까 그 사람은 누구냐? 우리 조직에 그런 사람이 있었냐?"

성환에 대해 전혀 정보가 없는 상렬로써는 당연한 질문인지 몰랐다.

그런 상렬에게 용성은 성환에 대해 간략하게 설명을 해주었다.

"앞으로 우리가 회장님으로 모실 분이시다. 그리고 외부에 그분에 대한 말이 나가지 않게 잘 단속해야 한다."

"왜?"

자신의 말에 '왜?'라는 질문을 하는 상렬을 보며 목소리를 줄여 아주 작게 귓속말로 들려주었다.

"그분은 이 세상에서 가장 강한 사람이다. 우리의 기준으로 강하다는 범위를 벗어난 그런 사람이 바로 그분이다. 그러니 자세히 알려고 하지 말고, 이것만 명심해라. 회장님이 우리에게 강남을 약속했으니, 어떻게 잘 굴릴지 말이다."

귓속말로 들려오는 용성의 은근한 말이 상렬의 귀를 간질였지만, 상렬은 절대로 그 말이 허투루 들리지 않았다.

솔직히 아까 전 그건 믿을 수 없는 일이었다.

혼자서 백여 명을 제압하고 기세만으로 그 비슷한 숫자를 무릎 꿇린 사람이지 않은가?

더 이상 그것에 관해 생각하는 것은 헛짓거리였다.

그래서 상렬은 더 이상 그 일에 관해선 생각지 않고, 용성의 말대로 자신이 관리하는 업소로가 자숙하기로 했다.

"알았다. 너만 믿고 갈 테니 잘 좀 말해 다오. 그리고 내가 잘못했다."

상렬은 용성에게 사과하며 자리에서 일어났다.

자신이 왔던 곳으로 돌아가기 위해서였다.

마음 같아서는 모든 것을 정리하고 이 세계를 떠나고 싶었지만, 용성의 은근한 말에 앞으로 어떻게 될 것인지 궁금해 그럴 수 없었다.

이렇게 샹그릴라 호텔의 지하 4층 주차장에서 세 사람의 운명이 결정되었다.

각자의 선택에 따라 한 사람은 남고 두 사람은 조직의

세계에서 은퇴를 하였다.

다만 은퇴한 두 사람의 운명은 그들의 선택에 따라 또 다르게 나타났지만 말이다.

◈   ◈   ◈

이진원이 죽고 진원파는 세력이 많이 축소되었다.

비록 아직도 진원파에는 조직원이 많이 남아 있었지만 사실상 정예라 할 수 있는 이들이 작년에 있었던 사건 때문에 제대로 된 힘을 발휘하지 못하고 있다.

그나마 다행이라면 조직의 넘버 2였던 독사와 넘버 3인 작두가 무사하다는 것 때문에 다른 조직에 먹히지 않고 버티고 있는 중이다.

하지만 그것도 얼마 남지 않은 건 누구라도 알 수 있었다.

그 이유는 독사와 작두가 당시 부상을 당한 후 회복이 덜 되었기 때문이었다.

겉으로는 멀쩡해 정상으로 보이지만, 어떻게 된 일인지 일정 이상의 힘을 쓰려고 하면 사지에 힘이 들어가지 않았다.

그 때문에 독사와 작두는 외부 조직들이 강남을 넘보고 있지만 별다른 활약을 하지 못하고 그저 동생들을 적제적

소에 배치를 함으로써 구역을 지키고 있을 뿐이다.

하지만 구심점인 독사와 작두가 별다른 힘이 없다는 것을 알게 된다면, 진원파는 외부 세력에 의해서가 아니라 어쩌면 내분 분열로 무너질 수도 있었다.

그 때문에 지금 진원빌딩의 최상층 사무실에서는 작두와 독사가 진지하게 고민을 하고 있었다.

한때 진원파 두목인 이진원이 사용하던 사무실은 지금은 독사가 사용하고 있었다.

이진원이 죽으면서 조직은 넘버 2인 독사에게 넘어갔다.

비록 정예들이 많은 부상으로 조직을 떠나야 했지만 그래도 무투파(武鬪派)로 소문난 조직이었고, 또 인원수가 많았기에 정예가 떠난 자리를 그나마 금방 자리를 메울 수 있어 주변의 침범을 막을 수 있었다.

하지만 지금 일부 간부들 중에 자신들의 상태를 알고 자리를 넘보는 놈들이 발생했다.

"작두야."

"예, 형님."

"그래 알아봤냐?"

"예, 글로리아 나이트의 조막손, 연(燕) 비지니스 클럽의 병대, 모아 캐피탈의 용식이가 지금 딴 생각을 하고 있는 것 같습니다."

"증거는 잡았냐?"

"그건 아니지만 요즘 애들 말로는 그들이 자주 모여 술자리를 한다고 합니다."

"그것만으로는 쳐 낼 수 없다. 다른 증거가 필요해."

"알고 있습니다. 그런데 그놈들이 아주 용의주도해 증거를 잡을 수가 없습니다. 회합 장소에 어떻게든 애들을 넣어 보려 했는데, 철두철미하게 지키고 있어 그러지 못했습니다. 다만……."

"다만? 뭐?"

"그게 들리는 소문에 의하면, 모아 캐피탈의 용식이, 송파의 백 사장과 손을 잡았다는 소문이 들립니다."

"뭐? 설마 배신한 거냐?"

독사는 작두가 하는 이야기를 듣고 있다, 조직 산하 대부업체 사장인 박용식이 송파의 조직인 신호남파 두목 백도길과 손을 잡았다는 소리를 듣고 소리쳤다.

그가 배신을 들먹인 것은 송파의 신호남파와 진원파가 한때 강남을 두고 항쟁을 했었기 때문이다.

두 조직이 구역을 놓고 싸울 수도 있지만, 특히나 심하게 다툰 이유는 두 지역의 두목들의 고향이 각각 경상도와 전라도라는 말도 안 되는 특성 때문이었다.

지금은 많이 사라지긴 했으나, 아직도 두 지역은 간간히 지역감정을 드러내며 상대를 헐뜯는 사이다.

서울의 노른자위인 강남을 두고 이런 두 지역 출신의 조직들이 싸우다 보니 과열된 양상을 띠는 것을 어쩔 수 없는 수순이 되었다.

이 때문에 진원파와 신호남파는 정말이지 많은 출혈을 하며 싸웠다.

두 조직이 싸움을 그만둔 것도 사실 자의로 그런 것이 아니라 두 조직의 뒤를 봐주는 국회의원들이 나서서 싸움을 말렸기 때문이다.

경상도 출신의 여당 국회의원이 뒤에 있는 진원파, 그리고 호남 출신의 국회의원을 배경우로 둔 신호남파는 두 국회의원들이 나서서 중재를 하는 바람에 싸움을 멈췄다.

그리고 진원파가 강남을 차지하는 데 두 국회의원의 영향력이 여실히 들어났다.

여당의 4선 의원을 배경으로 둔 진원파가, 야당의원을 배경으로 둔 신호남파를 강남에서 밀어 버린 것이다.

세력은 백중세였지만, 배경에서 밀린 신호남파가 강남에서 물러나 강동의 한 지역인 송파로 밀려났다.

두목인 이진원이 죽고 자신과 작두가 정상이 아니란 것을 어떻게 알았는지 밑에 있던 몇몇 간부들이 불온한 움직임을 보이는 것에 신경을 쓰고 있었다.

그런데 감시하던 중 핵심 간부 중 한 명이 적대 조직인 신호남파와 손을 잡은 것 같다는 소리를 들으니 독사는 기가 막히고 어이가 없었다.

"모아 애들 입에서 나온 소리니…… 거의 확실합니다."

"그럼 병대나 조막손도 그 사실을 알고 있냐?"

"그러지 않겠습니까? 자주 모인다던데……."

독사는 작두의 이야기를 심각하게 고민을 하지 않을 수 없었다.

그 세 명은 진원파 내에서 상당한 세력을 가지고 있는 이들이기 때문이다.

현재 몸이 정상이 아닌 자신과 작두를 생각하면, 현재 세력만으로는 그 세 명을 막는다는 것이 조금 버거웠다.

그렇다고 다른 간부들을 불러 그들을 친다는 것도 생각할 수 없었다.

만약 그랬다가는 자신들이 정상이 아님을 그들에게까지 알리는 계기가 될 것이 뻔했기 때문이다.

독사는 현재 자신들 위쪽 지리에 자리한 만수파의 현황을 너무도 잘 알고 있었다.

확실한 후계를 정하지 않고 갑자기 죽은 최만수 때문에 현재 만수파는 그 아들과 기존 간부들 간의 알력 싸움으로 조만간 무너져 버릴 것을 알고 있었다.

특히나 잔머리를 잘 쓰는 박상철에 대해 누구보다 잘 알고 있는 독사라 만수파의 미래는 불을 보듯 뻔했다.

사실 박상철은 자신에게 동맹 제의를 했지만, 그에 대해 잘 알고 있는 독사는 제안을 거절했다.

그리고 독사는 자신이 제안을 거절하자 그가 바로 불곰에게 달려간 것을 알고 있다.

그렇게 내부가 불안한 조직, 이미 서로 딴생각을 하고 있는 인간들이 모여 있는 만수파의 미래가 뻔하다 생각했다.

그런데 자신이 있는 조직도 똑같은 모습을 하고 있었다.

자신이 이진원의 부재를 수습하고 있을 때, 다른 간부들은 각자 자신의 이득을 찾아 배신을 꿈꾸고 있던 것이다.

"개새끼들!"

독사는 자신도 모르게 욕설이 튀어나왔다.

다른 곳도 아니고 앙숙이나 다름없는 신호남파와 손을 잡았다는 말에 독사는 이가 갈렸다.

신호남파와 투쟁을 하면서 얼마나 많은 동생들이 희생되었는지 모른다.

진원파도 무투파지만 신호남파도 진원파 못지않은 악바리들이었다.

그 때문에 많은 숫자의 동생들이 희생을 당했다.

부상 때문에 조직을 떠난 이도 있고, 말 그대로 항쟁 중에 죽어 나간 이들도 있었다.

그런 동생들은 정상적으로 사망 처리를 하지 못했다.

시기가 좋지 못해 일부는 교통사고를, 어쩔 수 없는 것은 사망 처리도 하지 못하고 암매장을 했다.

그런데 그런 적들과 손을 잡았다는 소리에 절로 욕설이 튀어나온 것이다.

"이 개새끼들을…… 어떻게 처리해야겠냐?"

"저도 그게 고민입니다. 현재 형님 밑에 있는 얘들과 제 밑의 얘들을 합친다고 해도 그놈들을 완벽하게 제압하기란 요원합니다. 다른 간부들이 돕지 않는 이상……."

"그건 안 돼. 만약 우리의 힘이 약해졌단 것을 알게 되면 오히려 그놈들 편에 들 놈들도 있을 거다."

진퇴양난의 기로.

그냥 놔두자니 앞날이 빤히 보였고, 그렇다고 그들을 쳐내려니 세력이 백중지세라 이러지도 저러지도 못하였다.

그런데 이때, 인터폰이 울리면서 뜻밖의 손님이 찾아왔다.

◈　　◈　　◈

샹그릴라 호텔 사장실

사장실에 성환을 비롯한 사장인 최진혁과 전무 김용성이 이야기를 나누고 있었다.

"그래, 이게 그자들에게서 양도받은 것들이냐?"

"예, 그렇습니다."

"참 많이 벌어들이는군."

최진혁은 박일권과 박상철을 솎아 내고 청담을 비롯한 압구정까지 모두 통합을 하였다.

큰 계파들을 솎아 내자 남은 작은 계파들은 알아서 진혁의 밑으로 들어왔다.

그리고 최만수의 지시로 관리하던 업체들의 명기를 진혁의 밑으로 이전을 하고 충성 맹세를 하였다.

뿐만 아니라 박일권과 박상철도 어쩔 수 없이 모든 것을 토해 내고 은퇴를 하였다.

물론 약간의 물리적 행사가 있긴 했지만, 아무튼 외부로는 별다른 잡음 없이 조직을 정비하는 데 성공한 것이다.

이 때문에 아직까지 외부에서는 만수파가 대통합을 이룬지 아무도 몰랐다.

그건 박상철과 손을 잡고 부하들을 지원했던 불곰도 모르는 일이다.

조직이 빠르게 정리가 되자 성환은 다시 한 번 최진혁과 김용성의 능력을 돌아보게 되었다.

'능력 있군.'

자신의 손에 들린 장부를 보며 만수파가 벌어들이는 한 달 수입을 보았다.

군인이기도 하지만 육군사관학교를 수석으로 졸업했기에 행정 능력도 웬만한 대학원생 못지않은 능력을 가지고 있는 성환은 뛰어난 머리를 이용해 장부를 살펴보았다.

그런데 장부에 적힌 금액이 상상을 넘어서고 있었다.

어떤 가게에서는 1달 수입이 30억이 넘어가는 곳도 있었다.

물론 그게 순이익은 아니겠지만 일단 매출이 30억이란 것은 대단한 것이다.

가게 한 곳에서 그러니 만수파가 관리하는 압구정과 청담동 일대의 업소가 한두 곳이 아니지 않은가?

그곳들을 모두 합치면 웬만한 기업의 매출을 넘어설 것이다.

더욱이 그 업소에 공급하는 술도 모두 만수파에서 운영하는 곳이었다.

그러다 보니 만수파의 일 년 수익은 상상을 초월했다.

그런데 이중 상당수의 자금이 어디론가 흘러 들어가는 것이 보였다.

그리고 그 자금의 흐름은 역시나 성환의 짐작대로 정치권으로 흘러갔다.

최만수는 용의주도하게 김한수 의원에게만 후원을 하는 것이 아니라 여당 의원 중 여러 명에게 정치자금을 대고 있었다.

아마도 김한수 의원이 대단하긴 해도 이젠 나이도 있고 하니 혹시라도 그가 물러났을 때를 대비하고 있었던 듯했다.

보던 장부를 내려놓은 성환은 최진혁을 보며 말을 하였다.

"조직은 이만 정리된 것 같고 이젠 약속대로 강남에 진출을 해야겠지?"

"예."

진혁은 성환이 먼저 강남을 언급하자 얼른 대답을 했다.

솔직히 언제 그 이야기를 할 것인지 무척이나 궁금했었다.

하지만 아무리 궁금하다고 해도 성환에게 물을 수 없었다.

어련히 때가 되면 알아서 말씀해 줄 것이란 생각에 참고 기다렸다.

그래도 기다리는 것은 기다리는 것이고, 조직이 커진다는 것에 조바심이 난 진혁은 성환을 보채듯 쳐다보았다.

"강남에 자리한 진원파에 빈틈이 보인다니 이번 기회에 바로 들어간다."

"하지만 그냥 들어가기에는 저희가……."

사실 말은 하지 않았지만 용성은 걱정이 되었다.

지금 만수파가 가지를 치고 안정이 되긴 했지만, 예전보다 세력이 많이 줄었다.

비록 회장인 성환이 있어 강남을 차지하는 데 이상은 없지만, 관리를 하는 것은 또 다른 문제였다.

막말로 강남을 먹었다고 해도 현재 만수파의 능력으로는 지금가지고 있는 업소를 관리하는 것만도 빠듯했다.

그만큼 조직원의 수가 줄었기 때문이다.

이 모든 것이 작년 성환이 분노해 만수파를 습격하면서 벌어진 일이다.

그때부터 몇 개월 지나지 않는 시간이라 조직원을 충원할 시간이 부족했다.

엎친데, 덮친 격이라…… 그 뒤로 두목인 최만수도 심장마비로 사망을 해 조직 안팎으로 혼란했다.

다행히 지금은 모든 혼란을 수습하긴 했지만 역시나 인원이 부족했다.

그런 찰나에 성환이 강남으로 진출을 한다고 하니 김용성은 난감했다.

최진혁은 거대 조직으로 바뀐다는 생각에 기뻐하지만, 조직을 운영하는 입장인 김용성으로써는 조금 생각해 봐야 할 문제였다.

"뭘 걱정하고 있는지 잘 알고 있다."

성환의 말에 조금 전까지 강남에 진출한다는 말에 기뻐하던 최진혁이 고개를 갸웃거렸다.

그런 최진혁은 신경도 쓰지 않고 성환은 용성에게 설명을 했다.

"내 알아보니 지금 진원파는 것으로는 어수선해 보이지

만 독사라는 자와 작두라는 자가 합심해 뭉쳐 있다고 한
다."

"그럼 좀 힘들지 않겠습니까?"

성환의 말에 진혁이 조심스럽게 말을 했다.

그런 진혁의 말에 성환은 다시 설명을 해 주었다.

"그렇다고 아예 틈이 보이는 것은 아니다. 너희도 그랬
지만 진원파도 두목이 없는 상태라 밑에서 그 둘을 치고
그 자리에 오르려는 자들이 생겨났다."

"그게 정말입니까?"

진원파에 자신들과 똑같은 일이 벌어지고 있다는 말에
최진혁이나 김용성은 눈을 부릅떴다.

"그런데 그건 어떻게……?"

그런 고급 정보를 어떻게 알게 되었는지 궁금해진 용성
이었다.

그래도 나이는 속일 수 없는지 최진혁보다는 김용성의
생각이 깊었다.

"알 거 없다."

성환은 용성이 물어 오는 것을 일축하고 다시 입을 열었
다.

"일단 내가 알아보니 그 작두라는 자와 독사는 쓸 만해
보이더라."

"네, 그들은 진원파 내에서도 신의가 있다고 들었습니다."

"그래, 그러니 그들을 너희 밑으로 끌어들여라."

성환은 지금 조직 세계의 룰을 뒤엎는 소리를 하고 있었다.

독사와 작두는 최진원과 김용성 보다 선배 대접을 받는 이들이다.

물론 나이도 많고, 그런 것은 조직 세계에서는 별 의미가 있는 것은 아니지만, 일단 그들은 최만수와 동급으로 취급되는 자들이었다.

그런데 그들을 품으라는 소리를 하고 있는 성환이 너무도 황당하게 보였다.

"교관님, 저 그러니까……."

"그러니까, 뭐?"

"조직 세계도 서열이라는 것이 있어서 나름 대접을 해 주고 있습니다."

"그래, 그래서 하고 싶은 말이 뭐냐?"

"교관님께서 방금 전 저희 밑으로 끌어들이라고 한 이들은 저희 선배 격으로 대우해 주는 사람들입니다. 그런 사람들을 밑으로 데려오는 것은 이 세계의 룰을 무시하는 것이라…… 조금 어려운 일입니다."

김용성은 암흑가의 룰에 관해 성환에게 들려주었다.

성환은 그런 용성의 이야기를 듣고 한 번도 생각지 못한 문제라 눈을 크게 떴다.

만약 그렇다면 계획을 조금 수정을 해야만 했다.

진성을 통해 알아본 그들은 앞으로의 계획에 도움이 될 만한 이들이었다.

앞으로 대한민국의 암흑가를 통일할 생각을 하고 있는 성환이 살펴본 결과 현재 대한민국에는 쓸 만한 자들이 별로 없었다.

그랬기에 고르고 골라 자신의 말을 따를 자들을 추렸다.

그중에 만수파에서는 최진원과 김용성 그리고 곽상렬, 그리고 강남에 있는 진원파에서는 독사와 작두를 낙점했다.

다른 자들은 그 습성이 어둠에 잠식되어 자신의 이익을 위해서는 부모 자식까지도 팔아 치울 놈들이었다.

돈의 노예가 된 이들은 성환에게 전혀 필요가 없었다.

함께 끌고 가려다 언제 뒤통수 맞을지 모를 이들은 처음부터 함께할 필요가 없었다.

그래서 성환은 최진혁에게 강남을 주겠다고 약속을 했을 때, 독사와 작두도 자신의 밑에 두고 다른 지역을 최진혁처럼 이끌게 하려는 계획이었다.

그런데 그 시작이 지금 흔들리고 있었다.

한참을 생각하던 성환은 그 둘은 자신의 밑으로 직접 끌어들이기로 했다.

데리고 있다 다른 지역을 복속했을 때, 그곳의 책임자로 앉히면 되는 것이다.

생각하니 그리 골치 아픈 일도 아니었다.

일단 만수파와 진원파가 동맹을 맺는 것으로 보이게 하면 되는 문제가 아닌가?

뭐, 지금 무력이 부족해 그런 것이 아니라 관리할 인원이 부족한 것이 문제니 그건 차차 해결하면 되는 문제다.

"그럼 일단 만수파와 진원파가 동맹을 맺는 것처럼 꾸미기로 한다."

조금 막무가내 같은 결정이지만, 김용성이 생각하기에 그게 가장 현명한 생각이었다.

관리 인원이 부족한 만수파가 보다 큰 조직인 진원파를 복속하는 것은 괜히 욕심을 부리다 배터지는 수가 있었다.

"앞장서라. 말 나온 김에 가서 끝장을 보자."

"알겠습니다."

참으로 번갯불에 콩 구워 먹듯 세운 계획이 일사천리로 진행이 되었다.

말이 끝나고 바로 김용성은 휴대폰을 꺼내 지시를 내렸다.

"지금 진원파 본거지로 갈 거니 준비해라."

전화로 부하에게 대기하라는 지시를 내리고 고개를 돌려 성환을 보며 말했다.

"가시지요."

성환은 용성의 말을 듣고 자리에서 일어났다.

성환이 일어나자 최진혁도 자리에서 일어나 성환의 옆에 섰다.

어찌 되었든 만수파의 두목은 성환이 아닌 진혁 자신이니 이번 진원파와의 협상에는 자신이 직접 나서야 하기 때문이다.

성환은 그저 진혁의 말에 힘을 실어 주는 역할이 전부였다.

호텔 밖으로 나오니 입구에 이들이 타고 갈 차가 준비되어 있었다.

성환과 진혁 등이 차에 오르자 차는 진원빌딩이 있는 삼성동을 향해 움직였다.

3.
강남 통일

독사는 자신의 사무실로 들어오는 사람들을 보며 눈을 반짝였다.

"어서 오시오."

"오랜만입니다, 독사 형님. 사장에 취임한 것을 축하드립니다."

"그래, 고맙다. 그쪽 최 사장도 호텔 사장에 취임한 일 축하하오."

독사가 사무실로 들어오는 최진혁과 김용성 그리고 성환을 맞으며 인사를 하자, 김용성이 나서서 독사가 진원파 두목의 자리에 오른 것에 축하를 하였다.

그러자 독사도 최진혁을 돌아보며 사장 취임에 축하의

말을 하였다.

하지만 최진혁의 뒤로 들어오는 성환을 보고는 잠시 고개만 갸웃거릴 뿐 아무런 말을 하지 않았다.

그도 그럴 것이 현재의 성환의 모습과 작년 진원빌딩을 습격할 때의 모습은 전혀 다르기 때문이다.

당시 성환은 혹시라도 자신의 얼굴이 외부로 알려질 것을 꺼려해 얼굴을 변형하고 있었다.

하지만 지금은 그럴 필요가 없기에 맨 얼굴로 이 자리에 들어왔다.

그러니 독사는 성환에게서 풍겨 오는 기질이 낯설지 않아 쳐다보았지만, 자신이 모르는 얼굴이라 고개만 갸웃거렸다.

"앉지."

그래도 이 세계에선 선배라 독사는 최진혁과 김용성에게 편하게 말을 하였다.

두 사람도 그런 독사의 말에 별다른 표정 변화 없이 자리에 앉았다.

이곳에 협상을 통해 진원파를 만수파로 흡수를 하려는 생각을 가지고 왔으니 지금은 일단 이야기를 할 때이기에 조용히 자리에 앉았다.

최진혁과 김용성이 자리에 앉았을 때, 성환은 조용히 그들의 뒤로 한 발짝 물러나 섰다.

겉보기에 두 사람을 경호하는 형태라 진원파에서는 이를 이상하게 생각하진 않았다.

그도 당연할 것이 최진혁과 김용성은 그래도 알려진 인물이지만, 성환의 얼굴은 아무도 모르기에 이렇게 처음부터 작정을 하고 왔다.

원래 호텔을 출발할 때까지만 해도 성환이 나서서 일을 처리하려 했으나, 앞으로 진혁이 강남을 다스려야 할 터인데, 처음부터 아무도 모르는 얼굴이 생뚱맞게 나서는 것도 보기 좋지 않다는 생각에 계획이 변경되었다.

아무튼 생각지도 않은 만수파의 새로운 사장이 진원파의 새로운 사장인 자신을 만나러 온 것이기에 독사는 성환에게 돌렸던 시선을 다시 자신의 앞에 있는 최진원에게 돌리며 물었다.

"그래, 무슨 일로 날 찾아온 거지?"

만수파 두목인 최만수가 살아생전에도 왕래가 자주 있던 것도 아니었다.

그런 관계로 새로운 만수파의 두목인 최진역과, 핵심 간부인 김용성이 자신을 찾아오자 혹시 현재 만수파 내부 사정 때문에 도움을 청할 수 있다는 생각이 들었다.

확실히 그렇다면 자신에게 불리할 것이 없었다.

자신도 내부적으로 최진혁과 비슷한 상황에 놓여 있기 때문이다.

조직의 계파들이 불안한 시국에 욕심을 부리는 것은 만수파나 진원파 모두 마찬가지였다.

다만 독사가 모르는 것은 최진혁이 그런 갈등을 조장하던 박일권의 계파와 박상철의 계파를 모두 처리했다는 것이다.

"독사 형님, 제 말씀 오해하지 마시고 들어 주십시오."

"뭔데, 오해하지 말라고 하는 거냐?"

"다름이 아니라 진원파의 사정을 들었습니다. 이 상태로 가면 진원파는 조각조각 분해되고 주변에 먹히고 말 겁니다. 차라리 그럴 바엔…… 저희 밑으로 오시는 것이 어떻습니까?"

"뭐!! 너 지금 뭐라고 했냐!!"

최진혁의 말이 끝나기 무섭게 독사가 큰소리를 쳤다.

조직에 대한 자부심이 큰 독사에게 진혁의 말은 자신을 무시하는 것이나 마찬가지 말이었다.

이 때문에 불같이 화를 내는 독사 그리고 독사와 함께 자리했던 작두도 마찬가지였다.

"너, 이 새끼 지금 이곳이 어디라고 그런 막말을 지껄여!!"

작두도 참지 못하고 최진혁을 보며 소리쳤다.

하지만 이때 진혁의 옆자리에 앉아 있던 김용성이 나서서 작두에게 소리쳤다.

"작두! 말조심해라, 우리 사장님이시다."

용성의 말은 큰소리는 아니었지만, 낮게 깔리는 목소리는 듣는 사람에게 절로 움츠러들게 만드는 힘이 있었다.

김용성의 말대로 최진혁이 나이가 어리고 후배이긴 했지만, 그래도 한 조직의 수장.

그런데 그런 최진혁에게 예전처럼 막말을 한다는 것은 큰 결례였다.

"뭐라고? 김용성이…… 너도 지금 우리 조직을 무시하는 거냐?"

하지만 이미 흥분한 작두는 자신의 실수보다는 최진혁의 말 때문에 자존심이 상해 그것을 무시했다.

"다시 한 번 말해 봐라, 지금 뭐라 했냐?"

독사는 처음과 다르게 차분하게 다시 물었다.

그런 독사의 말에 진혁은 얼굴 하나 변하지 않고 처음 그 말을 그대로 하였다.

진혁은 이미 믿는 구석이 있기에 독사의 그런 말투가 전혀 두렵지 않았다.

"못 들으셨다면 다시 말씀 드리겠습니다. 저희 만수파 밑으로 들어오십시오."

"하하, 지금 나에게 진원파를 너한테 상납하라는 말이냐? 그게 말이 된다고 생각하냐?"

독사는 하도 기가 막혔다.

하지만 말이 되지 않을 것도 없다는 듯 진혁은 쉽게 대답을 했다.

"형님, 그게 뭐가 어렵습니까? 예전이라면 저희가 무리를 하는 것이지만, 지금 진원파의 사정으로는 그렇지도 않지 않습니까?"

"뭐?"

"제가 듣기로 현재 여러 명의 간부들이 형님에게 반기를 들었다면서요?"

독사는 진혁의 말에 깜짝 놀랐다.

어떻게 그 소문을 들었는지 알 수가 없었기 때문이다.

막말로 지금 모아 캐피탈의 박용식을 비롯한 간부들이 반기를 들고 적대 조직인 신호남파와 손을 잡았다는 것은 조금 전에 들었다.

그런데 지금 한참 혼란에 있는 만수파의 신입 사장이 그 정보를 어떻게 알고 있는지 놀란 것이다.

"그걸 어떻게……?"

"그건 아는 수가 있습니다."

너무 놀라 독사가 어떻게 알았는지 물었지만, 진혁은 비릿하게 웃으며 슬쩍 넘겼다.

그런 진혁의 모습에 독사는 진혁을 다시 생각하게 되었다.

그동안 독사는 진혁을 그저 아버지 때문에 자리에 오른

인물로 판단했다.

그런데 지금 보니 자신의 판단이 틀렸다는 것을 알게 되었다.

물론 그건 독사의 착각이긴 했지만, 어찌 되었든 현재 자신보다는 진혁이 조금 더 앞서 있다는 생각이 들었다.

"그건 어떻게 알았는지 모르지만 그렇더라도 만수파로서는 현재 우리에게 신경을 쓸 겨를이 없지 않나? 우리뿐 아니라 자네도 좀 바쁠 텐데?"

독사는 자신의 조직 내부 불미스런 일이 외부에 알려진 것이 조금 기분이 상해 비꼬듯 말했다.

그런 독사의 말에 진혁은 조금 더 여유를 보였다.

"하하, 저를 걱정해 주시는 것이라면 걱정하지 않으셔도 됩니다. 그 문제는 이미 해결했으니 말입니다."

"음."

진혁의 말에 독사는 신음을 흘렸다.

정말 자신이 만수파에 대해 알고 있는 것과 상황이 변한 것인지 알 수가 없었기 때문이다.

지금 진혁이 보이는 태도를 봐선 지금 하는 말이 빈말이 아닌 것이 분명했다.

저런 여유로운 태도는 뭔가 믿는 구석이 있지 않고서는 결코 나올 수 없는 모습이다.

"자네 모습을 보니 내가 모르는 뭔가 있나 보군."

"예, 그럴 일이 좀 있었지요."

자신의 질문에 바로바로 대답을 하는 진혁의 모습에게 정말이지 뭔가 자신감이 묻어나고 있었다.

그 자신감이 어디에서 오는 것인지 독사는 알 수가 없어 뭔가 판단을 내리기가 꺼려졌다.

이때 성환은 독사와 진혁의 대화를 지켜보며 궁리를 했다.

지금 최진혁이 하는 모양이나, 독사가 보이는 반응을 보면 계속해서 이야기가 평행을 달릴 듯 보였다.

하긴 성환이 판단하기에 아무리 자신이 나서서 만수파를 평정했다고 하지만, 진원파에 비해서 세력이 조금 부족한 것이 사실.

그 때문에 독사나 작두가 이런 태도를 보이는 것이라 생각하게 되었다.

시간만 조금 더 있었으면 어느 정도 무력을 키워 줄 수 있었을 터인데, 때가 좋지 못해 이렇게 급하게 일을 추진하다 보니 계획 초기부터 이렇게 삐걱거린다.

성환은 문득 전역하기 전까지 자신이 가르치던 S1의 대원들이 아쉽다는 생각이 들었다.

그들만 있으면 이런 고민을 할 필요도 없었을 텐데 말이다.

괜히 전역하기 전 최세창 중령이 도움을 주겠다는 것을

거절한 것은 아닌가, 하는 생각이 들기도 했다.

성환이 이런 생각을 하고 있을 때도 진혁과 독사의 이야기를 계속되었다.

하지만 대화를 한다고 해서 이미 생각이 다른 두 사람의 대화는 평행을 달렸다.

더 이상 두고 본다는 것은 시간 낭비란 생각이 들었다.

'안 되겠군, 그만 내가 나서야겠다.'

자신이 나서야겠다는 생각이 들자 바로 기세를 올렸다.

진혁과 용성이 해결하기를 기대했지만, 역시나 세력이 작은 곳이, 비록 분열되고 있다고 하지만 큰 것을 쉽게 삼키기란 요원했다.

그게 바로 눈으로 보이는 겉모습을 중요하게 생각하는 보통 사람들의 판단 기준이기 때문이다.

성환이 기세를 올리자 실내의 공기의 무게가 틀려졌다.

가장 먼저 공기의 흐름이 바뀐 것을 가장 먼저 느낀 사람은 역시나 경험이 많은 독사였다.

비록 성환에게 당해 신체적 능력이 떨어져 그렇지, 경험은 이 자리에 있는 그 누구보다 많았다.

이진원을 따라 진원파를 키우며 겪었던 수라장을 지나며 독사에게도 보는 눈을 가지게 만들었다.

전장의 흐름을 느끼는 것만으로도 독사는 조직 세계에서 이름을 떨치게 하였다.

그렇기에 지금 실내에 흐르는 공기의 무거움을 가장 먼저 느꼈다.

하지만 그렇다고 그 진원지가 어디인지는 아직 깨닫기에는 그 배움이 얕았다.

"흠흠."

"음."

독사와 작두는 숨을 턱턱 막히게 하는 뭔지 알 수 없는 느낌 때문에 조이고 있던 넥타이를 당겨 보기도 하며 답답함을 해소하려 하였다.

그런 두 사람의 변화된 모습에 진혁이나 김용성은 눈을 동그랗게 떴다.

처음 두 사람의 모습을 보던 용성과 진혁은 곧 두 사람이 왜 그러는지 깨달았다.

이전 자신들도 겪어 보지 않았는가?

진혁은 자신도 모르게 고개를 돌려 뒤를 돌아보았다.

그리고 성환이 조용히 자신 쪽으로 걸어오는 것을 보았다.

이때 성환이 움직이는 모습을 보고 독사의 뒤에 있던 진원파의 조직원들이 움직이려 했지만 어떻게 된 일인지 몸이 움직일 수가 없었다.

정작 자신들은 모르지만 그건 바로 성환에게서 쏘아진 기세로 인해 본능적으로 몸이 굳었기 때문이다.

마치 천적 앞에 놓인 먹이처럼, 이성보다 본능이 먼저 알고 몸이 굳어 움직이지 못했다.

그렇게 몸이 굳어 가는 것은 그들만이 그런 것이 아니라 성환이 다가올수록 독사와 작두의 몸도 불편해지기 시작했다.

'으…… 이건!'

언젠가 느껴 봤던 공포와, 자신에 대한 무력감이 함께 밀려왔다.

그리고 그런 느낌이 익숙하다는 생각이 들었다.

그 때문에 독사는 어떻게든 그때를 생각하며 자신의 앞으로 다가오는 성환의 정체를 생각하기 위해 머리를 굴렸다.

하지만 지금 가까이 오는 성환의 얼굴과 같은 사람을 자신은 본 기억이 없었다.

그 때문에 독사는 몇 달 전 성환과 만났으나 기억하지 못하는 것이다.

몸은 기억하지만, 이성이 그것을 거부하고 다른 사람을 떠올리려니 알 수가 없었다.

"누, 누구십니까?"

성환이 가까이 다가오자 자리에서 일어나는 진혁과 용성을 보면서 처음 사무실로 들어와 뒤에 섰을 때, 경호원으로 판단했던 것이 잘못된 판단이란 것을 깨달았다.

그래서 정체를 물었다.

누가 보면 독사를 이상하게 생각할 정도로 목소리는 많이 떨리고 있었다.

"헉!"

"허억!"

질문을 하다 말고 독사는 숨이 턱 막힐 정도로 놀랬다.

그리고 그건 작두 또한 마찬가지였다.

이 두 사람의 뒤에 있던 진원파 조직원 또한 놀라긴 마찬가지였다.

그들이 놀라는 것은 당연했다.

이들이 놀란 이유는 성환의 얼굴이 어느 틈에 전에 이곳을 찾았을 때의 얼굴로 바뀌어 있었다.

"다, 당신은……."

독사는 너무 놀라 말을 다 하지 못하고 성환을 그저 손가락질 하며 그 자리에 굳었다.

그리고 그건 작두도 다르지 않았다.

'이진원 사장을 죽인 것이 그럼 만수파의 짓이란 말인가?'

성환이 예전에 이곳을 습격했을 때의 모습으로 변하자 독사나 작두는 이진원이 죽은 것이 만수파의 짓으로 생각하게 되었다.

"안 되겠다, 내가 이야기할 테니 너흰 뒤로 빠져라."

"……예."

"알겠습니다."

성환의 말에 진혁과 용성이 자리에서 일어나며 대답을 했다.

그런 두 사람의 모습은 작두나 독사를 더욱 경악하게 만들었다.

성환의 얼굴을 확인하고 방금 전까지 만수파를 의심을 했는데, 지금 만수파의 두목인 최진혁과 김용성이 경호원으로 생각했던 성환에게 고개를 숙이며 대답을 하는 모습을 보며 일이 어떻게 진행되고 있는지 독사나 작두는 도저히 갈피를 잡을 수가 없었다.

그러거나 말거나 성환은 진혁과 용성이 뒤로 물러나자 쇼파에 앉으며 독사를 쳐다보았다.

잠시 독사의 눈을 쳐다보던 성환은 아무런 억양의 변화도 없이 말을 꺼냈다.

"표정을 보니 내 정체를 알았나 보군. 그럼 말이 쉽겠군, 거절해도 상관없다. 조금 귀찮지만 다 쓸어버리면 되는 것이니."

독사는 성환이 자리에 앉자 긴장을 하기 시작했다.

그리고 뒤이어 들리는 소리는 그를 더욱 긴장하게 만들었다.

자신의 짐작대로 그 괴물이 지금 눈앞에 앉은 그가 맞았다.

자기의 입으로 실토를 했으니 분명 작년 말에 이곳에 침입해 이진원 사장을 죽인 그 범인이 분명했다.

그런데 조금 말이 요상했다.

방금 전 만수파의 새로운 두목은 자신의 선배 대접을 하며 만수파에 합류하라는 권유를 했다.

하지만 자신도 자존심이 있어 거절을 하려고 했다.

그런데 지금 괴물은 두목인 최진혁의 제안을 거절해도 된다는 말을 하고 있었다.

방금 전 최진혁이 뒤로 물러나며 보인 태도나 그에게 뒤로 물러나게 한 모습을 보며 괴물이 절대 만수파의 히트맨이 아니란 것을 짐작했는데, 지금 하는 모양을 보니 그보다 더 대단한 사람 같았다.

아니, 마치 만수파의 최진혁이 괴물의 부하처럼 보이고 있어 자꾸만 판단을 하는 것에 제동을 걸고 있었다.

분명 객관적으로 보면 거대 조직인 진원파는 자신들 보다 작은 만수파가 하는 제안을 거절하는 것이 맞았다.

하지만 지금 독사의 본능은 이를 방해하고 있었다.

독사의 본능은 지금 제안을 거절했을 때, 죽을 수도 있다는 경고를 하고 있었다.

도검이 난무하는 수라장을 거쳐 오며 발달한 독사의 감각은 지금 이 순간 활발하게 움직이며 자꾸만 독사의 결정을 멈추게 하였다.

"우릴 다 죽이겠다는 말인가?"

독사가 성환의 말에 자신이 거절했을 때의 이야기를 했다.

그런데 지금 독사는 성환의 외모가 어려 보여 반쯤 낮춰 말을 하였다.

그런 모습에 뒤에 있던 김용성이 나서려 하였지만 성환이 손을 들어 용성의 행동을 저지했다.

"필요하다면."

짧은 말이었지만 그 안에 담긴 의미는 듣는 이로 하여금 소름을 돋게 하기 충분했다.

"음."

성환의 대답을 들은 독사나 그 옆에 있던 작두는 자신도 모르게 신음을 흘렸다.

그도 그럴 것이 이렇게 대놓고 거절하면 죽이겠다는 말을 들었는데, 그 말이 결코 농담으로 들리지 않기 때문이다.

막말로 이진원 사장이 살아생전 무엇 때문인지 이곳에 조직의 최정예들을 불러 모아 경계를 세운 적이 있었다.

그리고 그런 최정예들의 경계를 무너뜨리고 한 층, 한 층 올라와 모든 조직원들을 제압하고 이진원 사장을 모르는 수법으로 죽였다.

아무튼 100여 명이나 지키고 있는 이곳에 단신으로 쳐

들어와 목적을 이룬 사람이다.

생각해 보니 당시 충분히 가진 바 능력을 모두 발휘했다면 충분히 더 많은 조직원을 죽일 수도 있었다.

그런데 무슨 이유에서인지 지금 눈앞의 괴물은 이진원 사장만을 죽이고 사라졌다.

당시 이자로 인해 다쳐 후유증으로 이 세계를 떠난 자들은 있어도, 그때 부상으로 사망한 사람은 없었다.

그렇다 보니 지금 죽이겠다는 말이 결코 허투루 하는 말이 아니란 생각이 들었다.

그리고 말을 하는 중간에 살짝 뭔가 피부를 따끔하게 하는 감각이 느껴졌다.

처음에는 그게 무슨 일인지 몰랐지만, 조금 시간이 지나니 그게 어떤 감각인지 깨닫게 되었다.

그 따끔한 감각은 바로 날카로운 칼날이 피부에 상처를 냈을 때와 아주 비슷했다.

그리고 그런 감각을 선배들은 살기라 표현했었다.

10년 전 한참 송파의 신호남파와 격하게 투쟁을 할 때도 몇 번 느껴 보지 못한 감각이었다.

그런데 지금 아무런 행동도 하지 않고 있는 그에게서 그런 감각이 잠깐 느껴졌다.

깨닫고 나자 독사는 지금 자신의 앞에 있는 사람이 결코 자신이 판단을 할 수 있는 사람이 아님을 알게 되었다.

'이자는 그저 무력만 센 주먹쟁이가 아니구나!'

성환에 대해 완전히 파악한 것은 아니지만, 어느 정도 알게 된 독사는 조용히 고개를 끄덕였다.

"어떻게 하겠나?"

다시 한 번 물어 오는 성환의 말에 독사는 잠시 뜸을 들이다 대답을 했다.

"우리도 명색이 건달인데…… 명분을 주십시오."

독사는 성환의 물음에 자신도 모르게 존대를 쓰며 대답을 했다.

방금 전까지만 해도 성환은 그저 무력만 강한 젊은 놈 정도로 생각을 했는데, 성한의 주변으로 퍼지는 보이지 않는 위압감에 기가 눌려 그런지 자신도 모르게 존대를 하였다.

그렇지만 기가 죽었어도 할 말은 했다.

건달이기에 자신이 만수파의 밑으로 들어가는 명분이 필요하단 소리를 한 것이다.

그도 그럴 것이 거대 조직인 진원파가 자신들 보다 작은 규모인 만수파의 밑으로 들어가는 것이기에 합당한 명분이 필요했다.

만약 그렇지 못할 경우 자신들은 주변에 얼굴을 들고 다닐 수가 없게 된다.

사실 다른 곳 보다 이들이 속한 조직 세계에서 이런 명분을 따지는 이들이 많았다.

세력이 강하다면 상관이 없지만, 조금만 약한 모습을 보이면 이런 명분을 가지고 주변에서 하이에나처럼 달려들어 넝마를 만들어 놓는다.

그러니 현재 진원파의 사정으로는 이 명분이란 것이 무척이나 중요했다.

막말로 진원파는 외부에 알려지진 않았지만, 독사를 따르는 이들과 박용식을 비롯한 몇몇 간부들이 외부 세력과 결탁해 대립을 하고 있다.

그런데 박용식을 비롯한 간부들이 적대 세력인 신호남파와 손을 잡고 있는 사살은 아직 알려지지 않았다.

그런 상황에서 독사가 성환에게 굴복해 규모가 작은 만수파의 밑으로 들어간다고 하면, 아직까지 중립을 지키고 있는 세력이나 자신이 거느리고 있는 세력 내의 조직원들도 박용식의 밑으로 들어갈 수도 있었다.

그들이 보기에는 자신이 먼저 외부 세력과 결탁해 조직을 만수파에 갖다 바친 것으로 비춰지기 때문이다.

그러니 독사는 자신이 만수파의 밑으로 들어가는 데 그들이 수긍할 수 있는 명분을 만들어 달라는 부탁을 하는 것이다.

그런 이야기를 알아들은 성환이 다시 한 번 물었다.

"네 말은 나 보고 네가 만수파 밑으로 들어갈 수밖에 없는 명분을 만들어 달라는 것이군. 내 판단이 맞나?"

"그렇습니다. 당신이 그렇게만 해 준다면 두말하지 않고 만수파로 들어가겠습니다."

이미 자신을 성환의 밑이라 판단한 독사는 자연스럽게 성환에게 존칭을 하며 대답을 했다.

그리고 독사가 성환에게 존대를 하기 시작하자 성환의 뒤에 있던 용성이나 최진혁의 표정이 풀렸다.

사실 두 사람의 대화를 들으면서 진혁과 용성은 조마조마했다.

성환의 능력을 모르는 것은 아니지만 그래도 이곳은 전국에서 알아주는 주먹들이 모여 있는 진원파 본거지가 아닌가?

진혁이나 용성의 생각은 성환이 아무리 뛰어난 능력을 가지고 있다 한들, 맨몸으로 100명이 넘는 조폭들이 운집한 이곳에서 싸움을 하게 된다면 분명 무사하지 못할 것이라 생각했다.

그 때문에 아무런 수행원도 데려오지 않고 단촐하게 이곳에 방문한 것 때문에 긴장했다.

그런데 무슨 이유에서인지 독사가 성환을 대하는 것이 예상과 다르게 몸을 낮추고 있었다.

이런 이유로 두 사람의 표정이 점점 풀리기 시작했다.

그런 두 사람의 표정을 살피고 있던 사람이 있었다는 것은 최진혁이나 김용성은 알지 못했다.

작두는 성환이 전면에 나서면서 그를 살피기 시작했다.

어디서 본 듯한 느낌을 받았지만 잘 생각이 나지 않았다.

그런데 성환이 독사와 이야기를 시작하자 얼마 되지 않아 성환의 정체를 짐작하게 되었다.

그때부터 작두는 성환과 만수파의 관계를 알기 위해 만수파의 신입 두목인 최진혁과 실세로 떠오른 김용성을 주시했다.

독사와 성환이 이야기를 진행할수록 표정이 수시로 바뀌는 모습이 두 사람과 눈앞의 괴물과 깊은 연관이 있음을 알게 되었다.

'나중에 관계를 좀 알아봐야겠군.'

독사와 성환의 이야기가 어느 정도 마무리되어 갈 때, 작두는 이런 생각을 하게 되었다.

정말이지 만수파의 주인인 최진혁과 그를 보좌하는 김용성이 무엇 때문에 저러는지 너무도 궁금했기 때문이다.

◈　　◈　　◈

역삼동에 있는 모아 빌딩.

이 빌딩은 지상 11층 지하 3층의 빌딩으로 많은 외국계

기업들이 들어와 있는 곳이기도 했다.

하지만 이 빌딩이 유명한 것은 강남의 폭력 조직인 진원파의 자금을 운용하는 모아 캐피탈이 자리잡고 있기 때문이다.

모아 캐피탈의 사장인 박용식은 무투파인 진원파에서 유일하게 대학을 나온 엘리트 건달이었다.

그렇지만 만수파의 박상철과 다른 점은 그가 머리만 좋은 그런 부류가 아닌 싸움도 무척이나 잘한다는 것이다.

한마디로 문무겸전(文武兼全)이라는 말이었다.

물론 이 말은 그들끼리 있을 때나 듣기 좋게 하는 말이었다.

머리도 좋고 주먹도 잘 쓰는 박용식이지만, 이것을 좋은 쪽에 활용하기보다는 자신의 일신의 영달을 위해 상용한다는 것에서 박상철과 비슷하다고 할 수 있었다.

아무튼 모아 빌딩이 보이는 한 카페에서 성환이 빌딩을 쳐다보고 있었다.

언제나 일을 하기 전, 사전 답사를 하는 성환의 성격상 그가 이 자리에 있다는 것은 모아 빌딩에 일이 있다는 말이었다.

"명분을 주십시오."

후루룩.

성환은 뜨거운 커피를 작은 소리가 나게 마시며 독사와 했던 대화를 생각했다.

그는 자신에게 밑으로 들어갈 수밖에 없는 명분을 만들어 달라는 말을 했다.

그래서 지금 그 명분을 만들어 주기 위해 이렇게 홀로 나와 있었다.

최세창 중령과 약속을 한 것 때문에 프로젝트를 진행하기로 하긴 했지만, 이게 여간 귀찮은 것이 아니었다.

더구나 아직 프로젝트 초반인데, 처음의 계획과 많이 바뀌었다.

아니, 바뀌었다는 것 보다는 사건의 흐름이 너무도 복합적으로 꼬이다 보니 조금 진행이 계획보다 빠르게 진행이 되었다.

원래라면 아직 프로젝트를 진행하기 전 준비 단계여야만 하는데, 자신은 지금 프로젝트 초반을 진행하고 있었다.

물론 그렇다고 이게 잘못된 것은 없었다.

어떻게 보면 잘된 것일지도 몰랐다.

프로젝트를 준비하는 과정에서 빈틈이 보이자 바로 치고 들어갔는데, 이게 너무도 절묘하게 진행이 되는 바람에 강남의 일부는 물론이고, 현재는 강남 지역의 남은 곳까지 정리할 수 있는 여건이 마련되었다.

그것도 자신이 그렇게 하기 위해 억지로 진행하는 것이 아닌, 자신이 대리인으로 세운 이들의 요청에 의해 너무도 자연스럽게 넘어가 그들은 자신이 원래부터 이렇게 일을 진행하려고 했다는 것은 아무도 생각지 못할 것이다.

만수파는 자신이 확실하게 장악을 한 것 같은데, 아직 진원파는 그렇지 못했다.

만수파 보다 규모가 큰 조직이라 그런지 자신의 힘을 알고 있는 독사와 작두는 자신을 인정하면서도 조직을 가져다 받치는 일에 신중한 모습을 보이고 있었다.

아니, 어쩌면 아직 자신들이 가진 힘이 대단하다고 생각하기에 밑으로 들어오는 것을 꺼리는 것은 아닌가 하는 생각이 들었다.

그래서 이번 기회에 상당 숫자의 깡패들을 처리하기로 했다.

즉, 그들 말로는 은퇴를 시키려는 것이다.

자진 은퇴가 아닌 자신이 직접 손을 써, 강제로 은퇴를 시킬 것이다.

독사와 작두에겐 예전 기억이 있으니 다시 그 기억이 사라지기 전 새로운 공포를 심어 주려는 생각도 있었다.

만수파를 손에 넣을 때와는 다른 처사였다.

성환이 만수파를 상대할 때에는 자신과 손을 잡은 최진혁을 습격한 박일권이나 박상철만 처리하고 많은 이들이 가벼운 체벌과 함께 사건을 무마시켰다면…… 이번 진원파의 일은 나중을 위해서 많은 이들을 솎아 내려는 계획이다.

따르릉!

앞으로의 계획을 생각하면 커피를 마시고 있을 때, 전화벨이 울렸다.

탁자위에 올려 둔 휴대폰의 벨이 울린 것이다.

"도착했나? 그럼 아무도 빠져나오지 못하게 철저히 막고 있어라."

전화는 김용성으로부터 걸려 온 것이었다.

자신의 지시를 받고 급하게 만수파의 조직원들을 모아 빌딩이 있는 역삼동으로 불러들였다.

비록 청담과 역삼이 가까운 거리에 있지만, 흩어져 있는 조직원들을 모으기 위해선 어느 정도 시간이 필요했다.

더군다나 요즘 경찰과 검찰에서 주시를 하고 있기 때문에 조심해서 조직원들을 모아야 하기에 시간이 걸렸다.

용건만 간단히 말하고 끊은 성환은 남은 커피를 마저 마시고 자리에서 일어났다.

한 잔에 칠천 원이나 하는 커피지만 지금은 아무런 맛도 느껴지지 않았다.

아마도 조금 뒤 잔인하게 손을 써야만 하기 때문인 듯 성환의 입에는 쓴 커피의 맛이 비릿하게 느껴졌다.

◈　　　◈　　　◈

준비가 끝났다는 소리에 성환은 차선을 건넜다.

빠르지도 느리지도 않은 그의 걸음은 횡단보도의 신호등
이 경고를 하듯 깜박이기 전에 모아 빌딩 앞에 당도했다.

굳게 닫혀 있는 현관을 쳐다보다 아직 영업을 하고 있는
지하 룸살롱으로 걸어갔다.

입구에는 그 흔한 삐끼도 보이지 않았다.

그저 입구라는 것을 알리는 간판과 간판을 밝히는 네온
사인만이 반짝이고 있었다.

잠시 입구에 서서 간판을 살피던 성환은 다시 천천히 걸
음을 옮겼다.

계단을 내려가는 성환은 내려가면서 몸에 내공을 돌려
몸의 세포들을 깨웠다.

확실하게 손을 쓰기로 작정을 했기에 계단을 내려가면서
준비를 하는 것이다.

그리고 준비를 하는 과정에서 성환의 얼굴일 변하기 시
작했다.

진원빌딩에 쳐들어갈 때 했던 박원춘의 얼굴을 하고 들
어갔다.

분명 자신이 일을 벌이고 나면 수사 기관에서 이곳에 설

치되어 있는 CCTV를 가져다 검사를 할 것이 분명하니 자신의 본모습을 알려 줄 필요가 없었다.

이미 자신의 손으로 누나의 원수인 박원춘을 죽이고 또 그 시신마저 처리를 해 이 세상에 그의의 흔적은 그 누구도 찾을 수 없었다.

그러니 지금 이렇게 박원춘의 모습으로 움직인다고 해서 성환의 행적이 발각될 위험은 그 어디에서도 찾을 수가 없을 것이다.

똑똑.

굳게 닫힌 철문이 성환의 앞에 나타났다.

철문이 보이자 성환은 노크를 해 안에 신호를 보냈다.

그렇다고 문이 바로 열린 것은 아니었다.

성환이 노크를 하자 입구 옆에 있는 인터폰에서 소리가 들렸다.

—회원증을 보여 주십시오.

갑작스런 상황에 성환은 눈이 커졌다.

이건 생각지 못한 상황이라 성환이 당황하던 것도 잠시, 자신은 이곳에 술을 마시기 위한 손님으로 온 것이 아니었다.

성환은 잠시 머뭇거리다 손바닥을 철문에 붙이고 내공을 운용해 철문을 가격했다.

격산타우의 수법으로 철문을 가격하자 문 안쪽에서 작은

신음성이 들렸다.

아마도 조금 전 성환에게 회원증을 요구한 남자가 입구를 감시하기 위해 문에 달려 있는 작은 창으로 지켜보고 있다 성환의 공격에 당한 듯 보였다.

문에 붙어 있던 사람이 떨어져 나가자 성환은 본격적으로 힘을 쓰기 시작했다.

방금 전 격산타우의 수법으로 공격한 것은 그냥 힘을 썼다가는 사람이 죽을 수도 있기 때문이었다.

보이지 않는 감시자가 조폭이라면 별문제가 없을지 모르지만, 혹시라도 그냥 일반 종업원이면 안 되기에 입구에서 감시하고 있는 사람이 기절할 정도만 힘을 실어 공격한 것이다.

쾅!

성환이 힘을 쓰자 커다란 소리와 함께 문이 부서졌다.

커다란 소리가 나서일까?

술집 안쪽에서 여러 사람이 달려오는 소리가 들렸다.

구겨진 철문을 밀치고 술집 안으로 들어온 성환은 잠시 눈이 술집 내부의 조명에 적응하게 기다렸다.

금방 시력이 회복되자 안에서 달려오는 조폭들이 보였다.

위층의 모아 캐피탈에 소속된 박용식의 부하들로, 이곳 ACE클럽에서 문제 손님들을 처리하는 일도 하고 있었다.

아니, 대개 이곳 대기실에서 대기를 하고 있었다.

그러니 입구에서 요란한 소리가 들리자 빠르게 나선 것이다.

성환은 그런 사내들을 쳐다보다 자신도 빠르게 그들에게 뛰어갔다.

"어떤 놈이야!"

"뭐하는 놈이냐!"

"죽여! '

달려오던 조폭들은 마주 오는 그에게 고함을 치며 몸을 날렸다.

하지만 그들의 시도는 뜻대로 이뤄지지 않았다.

그들에게 접근한 성환은 차례차례 마혈을 점혈하며 지나갔다.

일을 빠르게 처리하기 위해선 이곳에서 시간을 허비할 시간이 없었다.

일단 이들을 제압한 뒤 박용식을 먼저 처리해야만 했기 때문이다.

이들을 모두 은퇴하게 만들 생각이긴 하지만 가장 중요한 인물은 역시나 이곳의 책임자인 박용식이었다.

그를 처리해야만 진원파에서 벌이는 일이 마무리되는 것이다.

즉 그를 놓치면 오늘 하는 일은 하등 쓸모없는 게 돼 버린다.

그렇기에 이들을 처리하는 대신 그냥 마혈을 짚어 움직이지 못하게 만들고 박용식을 찾아 빠르게 움직였다.

이미 그의 소재는 진즉에 파악이 되었다.

독사의 지시로 이곳을 감시하던 이에 의해 박용식의 소재가 알려졌기 때문이다.

ACE클럽의 특실에서 손님을 접대하고 있던 박용식은 갑자기 요란한 소리를 내며 열리는 문소리에 인상을 구겼다.

"뭐야!"

요란한 소리와 함께 들어오는 사람의 그림자를 확인하자 소리쳤다.

하지만 그의 말에 대답해 주는 사람은 아무도 없었다.

룸 안으로 들어온 성환은 소리를 지른 박용식을 확인하고 뛰어 들어가 그를 제압했다.

그리고 덤으로 그에게 접대를 받고 있던 신호남파의 넘버 2인 최대식도 제압했다.

너무도 순식간에 벌어진 일이라 그들의 주변에 있던 경호원도 손을 쓰지 못했다.

아니 너무 당황해 무슨 일인지 확인할 사이도 없이 두 사람이 성환의 손에 제압이 된 것이다.

물론 일은 그것으로 끝나지 않았다.

자신의 목표인 박용식을 확보하자 성환의 손속은 더 이상 관대하지 않았다.

먼저 룸 안에 있던 이들이 성환의 손에 쓰러졌는데, 그들은 오른팔과 왼쪽 다리의 인대가 끊어졌다.

이는 보통 사람들이 오른손을 쓰기에 그리 손을 쓴 것이다.

그리고 반대로 오른쪽 다리가 아닌 왼쪽 다리의 인대를 끊은 것은 그나마 걸어 다니는 데 균형이라도 맞추라는 의미에서 그리한 것이다.

악! 악!

성환이 본격적으로 손을 쓰기 시작하자 여기저기에서 비명 소리가 들려왔다.

ACE클럽은 때 아닌 비명 소리가 울려 퍼지고 있었지만, 누구 하나 와 보는 사람이 아무도 없었다.

그저 사내들의 비명 소리에 클럽의 여자 도우미들이 불안한 눈으로 룸 한쪽 구석에 떨고 있었지만, 성환은 그녀들에게 전혀 관심이 없었다.

그녀들은 신경도 쓰지 않고 사내들만 상대로 반병신을 만들고 있을 따름이었다.

성환이 그리하는 것은 오늘 이곳에 있는 이들은 모두 박용식의 부하들과 신호남파의 친목을 다시는 자리이기 때문에 일반 손님은 아무도 받지 않았다는 사실을 알고 있기 때문이다.

그리고 아까 성환이 입구에 섰을 때, 회원증을 요구한 것도 사실 이곳 ACE클럽은 회원제로 운영되는 곳이라 회원들은 모두 입구에 지키는 문지기들이 얼굴을 알고 있었다.

하지만 성환의 얼굴은 전혀 본 기억이 없을뿐더러 한국인 같지 않은 얼굴이라 신원 조회를 하기 위해 시간을 벌기 위해 그리 주문한 것이다.

그런 사정을 모르는 성환은 자신의 목적을 위해 시간을 주는 대신 그냥 손을 썼다.

그렇게 입구에서부터 과감하게 손을 쓴 덕분에 이들을 제압하는 것은 짧은 시간에 끝났다.

ACE클럽에 있던 이들을 모두 처리한 성환은 용성에게 전화를 걸었다.

"끝났다. 마무리해라."

너무도 간단히 용건만 말하고 전화를 끊어 버렸다.

성환이 그렇게 짧은 통화를 마치고 자리를 떠나자, 밖에 대기하고 있던 김용성의 부하와 작두가 들어왔다.

그리고 그들은 눈으로 보면서도 믿을 수 없는 광경에 경악하고 말았다.

근 70여 명이나 되는 깡패들이 모두 팔다리를 부여잡고 신음을 하고 있었기 때문이다.

뿐만 아니었다.

신음을 흘리는 그들을 지나 클럽 안 깊은 곳에 자리한 특실로 들어가 보았다.

그리고 그곳에 공포에 절어 있는 한 남자를 보았다.

특실 안으로 들어선 작두는 그 사람을 잘 알고 있었다.

진원파의 앙숙인 신호남파의 넘버 2인 최대식이 정상이 아닌 모습으로 한쪽을 보고 있었기 때문이다.

그가 보는 곳을 돌아본 작두는 인상을 찌푸리고 말았다.

작두가 본 것은 언젠가 본 적이 있는 그 모습과 비슷한 모습을 하고 있는 박용식의 모습 때문이었다.

기이하게 꺾여 있는 팔다리는 어떻게 한 것인지 모르지만 계속해서 비틀리고 있었다.

마치 안 보이는 거인이 박용식의 팔다리를 잡고 비틀고 있는 것 같은 기괴한 모습이었다.

그중 작두가 이해하지 못하는 것이 있었다.

이렇게 신체가 비틀리면 큰 고통이 느껴질 것인데, 지금 박용식은 아무런 소리도 내지 않고 있는 것이다.

그렇다고 고통이 없어 보이지는 않았다.

얼마나 큰 고통인지는 그의 표정을 보면 알 수 있었다.

무참하게 보기 싫을 정도로 구겨진 얼굴에 입은 벌어질 수 없을 정도로 벌어져 있었다.

그리고 벌어진 입에서는 거품이 나오며, 침은 벌어진 입술 밖으로 흐르고 있었다.

그러한 박용식의 모습을 확인한 작두는 자신도 모르게 몸을 부르르 떨었다.

그리고 그건 작두뿐 아니라 뒤늦게 안으로 들어오던 김용성이나 다른 조직원들도 마찬가지였다.

4.
이리와 승냥이들의 밤

진원파의 두목인 독사는 부하들과 간부들을 불러 모았다.

요즘 일단의 집단에 조직의 간부들이 습격을 받아 많은 이들이 조직을 떠나거나 죽어 나갔다.

물론 사인은 타살이 아닌 사고사 내지는 심장마비에 의한 자연사였다.

갑자기 비슷한 시기에 이런 진원파에 집중적으로 일어나는 것에 많은 사람들이 의아하게 생각했지만, 사건의 내막을 알고 있는 독사나 작두 같은 경우 일이 진행이 될수록 성환에 대한 공포는 더해 갔다.

비록 자신이 성환과 약속을 했기에 그런 결과가 나오는 것이지만, 어떻게 그렇게 완벽하게 죽음을 위장할 수 있는 것인지 보고도 믿을 수가 없었다.

특히 글로리아 나이트의 사장인 조막손 유형식이 죽을 때는 독사는 자신의 별명 무색할 정도로 성환의 손속에 진저리를 쳤다.

사건의 개요는 이랬다.

조막손 유형식과 모아 캐피탈의 박용식 그리고 연(燕)비지니스 클럽의 민병대가 이미 딴생각을 가지고 적대 세력인 신호남파와 손을 잡았다는 것을 알고 그들을 처리하려고 성환에게 부탁을 했다.

말이 부탁이지 밑으로 들어가는 것에 대한 조건부였다.

모아 캐피탈의 박용식을 처리할 때 독사는 현장에 없었다.

아니, 함께 갔던 작두도 성환이 일을 다 끝낸 뒤에 들어갔기에 조직에 반기를 들었던 박용식이 신호남파의 넘버 2인 최대식과 뭔가 모의를 하던 중 습격을 받았다는 것만 알 뿐이었다.

사건 현장은 이미 성환에 의해 제압이 끝났을 뿐 아니라 박용식의 부하들과 최대식의 부하들 모두 더 이상 정상적인 활동을 하지 못할 정도로 망가져 있었다.

뿐만 아니라 가장 중요한 박용식은 작두가 봤을 때는 이미 숨을 거둔 상태였고, 최대식은 무엇에 놀란 것인지 바닥을 흥건하게 적시고 있었다.

물론 그것이 소란으로 술이 흘렀다고 보기엔 냄새가 그
것이 아니란 것을 증명하고 있었다.

아니, 요란한 대결이 있었을 좁은 공간이었는데, 테이블
위에 세팅이 되어 있는 술병이나 잔은 그대로였다.

다만 사람들만 바닥에 쓰러져 신음을 흘린다거나 정신을
놓고 있을 따름이었다.

술집에서의 일을 마무리하고 돌아온 작두는 자신이 확인
한 것을 두목인 독사에게 그대로 보고를 했다.

하지만 작두가 아무리 설명을 해도 독사는 믿을 수가 없
었다.

비록 작년 진원빌딩에서 성환에게 당한 것이 있기는 하
지만 작두에게서 들은 이야기는 도저히 믿을 수가 없었다.

작년에 있었던 일은 조직원들이 빌딩 곳곳에 퍼져 있어
소수였지만, ACE클럽에서는 박용식의 부하 외에도 신호
남파 최대식의 부하들도 있었는데, 물건은 멀쩡하고 사람
만 상했다는 것이 말이 되는 소리인가?

더군다나 이야기를 들어 보니 그 숫자도 얼추 50명을
넘어가 100명에 가까운 숫자라 했다.

그런데 그런 대규모 인원이 좁은 공간에서 싸움을 벌였
는데, 부셔진 집기가 없다고 한다…… 그 말을 믿으란 말
인가?

또 그 괴물 같은 자가 굳게 닫힌 철문을 부시고 들어갔

다고 하는데, 그것도 믿을 수가 없었다.

독사는 진원파 내에 있는 ACE클럽과 비슷한 유형의 업소의 문이 얼마나 단단한지 너무도 잘 알고 있다.

업소의 철문은 단속이 뜰 때, 손님을 대피시키기 위해 마련되어 있어 기계를 이용해 철문을 강제로 뚫으려고 해도 30분 이상을 소요되었다.

그런데 그것을 사람이 부시고 들어갔다는 말을 믿으라고 하는 소리인지 도저히 알 수가 없었다.

독사는 작두의 말을 믿기보단 자신이 직접 확인하기로 했다.

그래서 직접 ACE클럽으로 달려가 현장을 확인하였다.

현장에 도착한 독사는 클럽 입구의 철문을 확인하고 그 자리에서 굳어 버렸다.

부셔진 철문에 새겨진 주먹 자국이 그대로 그의 두 눈에 들어왔기 때문이다.

철문이 부셔진 것뿐 아니라 벽과 연결된 잠금 장치까지 망가져 있었다.

이중삼중으로 철저히 보완된 철문은 이미 제 기능을 잃은 지 오래였다.

그래서 박용식 다음으로 처리하기로 한 유형식이나 민병대를 처리할 땐 자신이 직접 동행을 했다.

그리고 그곳에서 독사는 성환의 무시무시한 능력을 엿봤다.

뒷수습을 쉽게 하기 위해 그런 것인지는 모르겠지만 아무튼 성환이 기물은 그대로 두고 사람만 처리하는 것을 보며 더 이상 재고 어쩌고 할 수가 없었다.

그래서 이렇게 조직의 간부들을 불러 모아 통보를 하려는 것이다.

"형님 , 무슨 일입니까?"

"무슨 일인데 저희를 모두 부른 것입니까?"

독사가 어떤 이유로 이들을 모은 것인지 다 알고 있는 작두를 빼고 많은 간부들이 독사에게 하나둘 질문을 던졌다.

그런 간부들의 모습을 보다 이야기를 꺼냈다.

"요즘 조직의 분위기를 다들 알 것이라 본다……."

독사가 조직에 관해 말을 꺼내자 여기저기서 이야기가 튀어나왔다.

"그렇습니다. 어떤 놈들인지 저희 조직을 습격하고 있습니다."

"맞습니다. 제 생각엔 송파에 있는 놈들이 아닐까, 생각하는데…… 형님들은 어떻게 생각하십니까?"

"맞아, 그놈들이 분명해!"

여기저기서 떠들어 대자 사무실은 순식간에 시장처럼 시끄러워졌다.

탕탕탕!

"조용!"

너무 소란스러워지자 독사는 테이블을 치며 소리쳤다.

독사의 날이 선 목소리에 각자 떠들던 간부들이 모두 입을 다물며 독사를 쳐다보았다.

비록 예전만 못하지만 그래도 독사의 카리스마는 남아 있어 이 자리에 있는 이들은 독사의 모습에 꼼짝을 못했다.

"내가 너희를 부른 이유는 이 시간부로 우리 진원파는 모두 만수파 밑으로 들어간다."

"……아니, 그게 무슨 소립니까?"

조금 전까지 독사의 카리스마에 눌려 조용했던 사무실 안은 조금 전과는 비교가 되지 않을 정도로 소란해졌다.

그도 그럴 것이 서울 안에서 아니, 전국을 뒤져 봐도 자신들과 어깨를 나란히 할 수 있는 조직이 몇이나 되겠는가?

비록 강남을 일통한 것은 아니지만 압구정과 청담을 빼고 서울의 1/4을 차지한 것이 자신의 조직이다.

그리고 지금 동원력이나 조직원의 무력을 봐도 손가락에 꼽을 정도로 대단한 조직이 바로 자신들이다.

비록 작년 갑작스런 두목의 죽음으로 어수선하긴 하지만 그렇다고 만수파의 밑으로 들어갈 정도로 기운 것은 아니었다.

그런데 초대 두목인 이진원의 죽음 뒤로 차기 두목의 자리에 오른 독사가 느닷없이 다른 조직도 아닌 자신들의 절반에도 못 미치는 조직의 밑으로 들어가겠다고 하자 기가 막혔다.

"형님, 그게 말이 됩니까?"

"그렇습니다. 아무리 요즘 의문의 놈들에게 습격을 당했다고 하지만 이건 너무한 것 아닙니까?"

여기저기서 반발을 하는 간부들의 모습에 독사는 눈을 반짝였다.

"그럼 너희들 중 이번 습격 사건의 범인을 막아 낼 사람이 있나?"

"당연하죠. 전에야 적이 누군지 몰라 당했지만, 그 적이란 것이 신호남파 놈들일 것이 분명하니 대비만 한다면 충분히 막을 수 있지 않겠습니까?"

목소리가 들린 곳을 돌아보니 송파와 경계를 하고 있는 수서의 백원만이었다.

조직에서 운영하는 물류 센터를 책임지고 있는 백원만은 무투파인 진원파 내에서도 작두와 비견될 정도로 저돌적인 인물이었다.

비록 나이가 어려 간부들 중에서도 아래 서열이긴 하지만, 그 존재감은 작지 않았다.

독사는 백원만의 말에 갑자기 피식 실소를 하고 말았다.

지금 간부들이 하는 착각이 뭔지 생각난 때문이다.

지금까지 습격을 받아 퇴출된 간부들의 정체가 조직의 배신자란 것을 모르고 그저 적대 세력인 신호남파가 습격한 것을 착각을 하고 있기 때문이다.

그런 간부들의 생각을 읽고 바꿔 줘야 할 필요성을 느낀 독사는 차분히 지금까지 조직에서 벌어진 일들에 대하여 설명을 했다.

"지금 너희는 착각을 하고 있다. 그동안 습격을 받았던 이들은 사실 배신자들이었다. 배신자들을 처리하기 위해서 내가 외부에 도움을 청해 벌어진 일이다."

독사의 말에 조금 전까지 떠들던 간부들은 경악을 금치 못했다.

설마 의리를 중요시 여기는 진원파에서 배신자가 나왔을 것이라고는 생각지도 못했다.

더욱이 배신한 이들의 면면을 보며 두목인 독사와 서열 3위의 작두를 빼고 다섯 손가락에 끼는 간부 중 3명이 당했고, 20위권 내에 들어가는 간부들도 상당수 포함이 되었다.

그런데 그들이 모두 배신자라니 그 말을 믿을 수가 없었다.

"형님, 그게 참말입니까?"

"그래, 사실이다. 특히 박용식이나 유형식 그리고 민병대는 오래 전부터 신호남파 놈들과 짝짝꿍을 하고 있었다."

"아니!"

"헉!"

"뭐라고요?"

"그게 사실입니까? 내 이 개새끼들을……."

"그들은 오래 전부터 조직을 신호남파에 넘기고 이권을 차지할 생각을 하고 있었다. 그 증거로 박용식이 전담하던 모아 캐피탈이 자리한 빌딩에 들어가 있는 ACE클럽에서 박용식이 죽던 날 함께 있던 최대식을 붙잡았다."

독사가 말에 일이 어떻게 된 것인지 어느 정도 깨닫게 된 간부들은 눈을 부릅떴다.

사실 방금 말한 간부들의 세력이라면 충분히 조직의 전복도 가능했다.

비록 그들의 힘이 전체 조직의 1/3정도의 힘이라곤 하지만 두목이 독사와 작두 등이 있는 이곳을 습격해 장악을 하게 된다면, 나머지 간부들은 고만고만하기에 각개격파가 가능할 것이다.

더욱이 그들이 진원파와 앙숙인 신호남파와 손을 잡았다면 그들이 움직일 때, 신호남파에서도 그들을 돕기 위해 조직원을 파견할 것이니, 만약 그들이 먼저 움직였다면, 진원파는 무너지고 강남은 신호남판에 넘어갔을 것이 분명했다.

하지만 진원파가 중소조직인 만수파의 밑으로 들어가는 것은 또 다른 문제였다.

"형님, 그건 그렇다고 해도 저희가 만수파의 밑으로 들어가는 것은 좀 아닌 것 같습니다."

"그렇습니다. 솔직히 현재 우리 조직이 이번 일로 세력이 줄긴 했지만 그래도 만수파 보다는 규모나 역량이나 모든 면에서 기울지 않는데, 그들의 밑으로 들어가다니요. 말이 안 되는 거 같습니다."

"맞습니다. 차라리 그들이 저희 밑으로 들어온다면 모르지만……."

여기저기서 간부들의 목소리가 들려왔지만 독사는 확고한 말로 그들에게 통보를 했다.

"이번 일을 해결해 주는 조건으로 난 그들의 밑으로 들어간다고 약속을 했다. 너희는 내 말을 거역하겠다는 말이냐?"

"아니, 그게 사실입니까?"

간부들이 떠들고 있을 때 옆에서 조용히 있던 백원만이 물었다.

"사실이다. 그들을 처리한 사람은 만수파와 연관이 있는 사람이다."

"그럼 정말로 만수파에 도움을 받아 배신자들을 처리한

것입니까?"

"맞다. 그런데 내가 보기엔 만수파도 이번 일을 처리한 사람의 밑에 있는 것으로 파악이 되었다."

독사의 이어진 말에 모든 간부들이 이해를 하지 못하겠단 표정이 되었다.

방금 두목인 독사가 한 말은 그럼 만수파가 의문의 한 사람에게 장악이 되었고, 자신들도 그 사람 밑으로 들어가야만 한다는 소리였다.

조직도 아니고 한 사람의 밑으로 들어간다고 하지 너무도 기가 막혔다.

그런데 이렇게 놀라고 있는 간부들의 귀에 작두는 쐐기를 박는 소리를 하였다.

"그 사람이 바로 작년 이곳을 습격했던 그 사람이다. 100여 명이 넘는 조직원들이 모여 있는 이곳에 단신으로 쳐들어와 조직원들을 때려눕히고 두목인 이진원 형님을 죽인 그다."

간부들은 작년 의문에 쌓인 진원빌딩 습격 사건이 다른 조직의 습격이 아닌 한 사람에 의해 벌어진 일이란 말에 놀랐다.

그리고 그러한 비밀을 알고 있으면서도 지금까지 아무런 말도 하지 않았던 독사나 작두에게 많은 의문을 가지게 되었다.

"형님, 그런 사실을 알면서도 왜 지금까지 저희에게 알리지 않은 것입니까?"

"설마 전부터 형님은 그와 손을 잡은 것입니까?"

간부들이 자신의 말에 의심을 하는 듯하자 독사는 다시 한 번 쓴 웃음을 지었다.

"내가 그를 진작 알고 있었다면 조직이 지금에 와서 내가 두목이 되었을 것 같냐, 크크크!"

독사는 말을 하면서도 너무나 웃겼다.

그에게 당해 지금 자신의 상태도 정상이 아닌데, 간부들이 자신을 의심하고 있자 조금은 이 생활에 회의가 들었다.

그리고 그건 독사뿐 아니라 같은 일을 겪은 작두도 마찬가지였다.

그동안 자신들은 진원파는 다른 여타 조직들과 다르게 건달의 멋을 알고 있는 진정한 건달조직이라 생각했다.

그런데 이진원이 죽고 나서야 알았다.

밑의 간부들이 자신들의 이익을 위해 조직을 배신하고 적대 세력과 손을 잡은 모습.

또 그런 배신자들을 처리하기 위해 조직의 혼란을 막고 또 괴물 같은 외부인의 칼 앞의 어쩔 수 없이 그의 밑으로 들어가기로 결정한 자신.

그리고 선택을 마치 이전 처리된 배신자들과 똑같이 취

급하는 간부들의 모습에 그만 이 생활을 접고 싶다는 생각을 하게 된 것이다.

독사가 이런 생각을 하고 있을 때, 백원만의 말을 들은 작두가 나서서 그런 백원만에게 소리쳤다.

"이 새끼가 알지도 못하면서 아무렇게나 떠들고 있어! 지금이 어떤 상황인지도 깨닫지 못하고 아무렇게나 지껄이면 모두 말인 줄 아냐!"

작두가 호통을 쳤지만 이미 의심을 하고 있는 간부들의 눈은 바뀌지 않았다.

"아니, 형님! 아니면 아닌 거지 뭘 그리 열을 내십니까?"

"뭐야?! 이 새끼들이……."

"그만해라!"

작두가 말을 했지만, 이미 자신과 작두를 의심하고 있는 간부들의 마음을 확인한 독사는 이번 일만 마무리 되면 은퇴를 해야겠다는 결심을 했다.

솔직히 작년 이진원 두목이 죽었을 때, 자신도 죽은 것이었다.

그날 습격해 온 성환을 막지 못한 독사는 목숨이 다한 것이 아니라 건달로서의 생명은 끝난 것이다.

"너희가 내 결정을 어떻게 받아들일지는 모르겠지만, 이미 모든 것은 결정이 되었다. 조직이 만수파의 밑으로 통합된다는 것을 받아들이던, 아니면 거부를 하던 그건 너희 마음이다. 더 이상 난 너희의 형님이 아니다. 난 이번 일이 끝나면 은퇴를 할 것이다."

독사는 자신의 할 말만 하고는 눈을 감아 버렸다.

처음 이들을 불러 들였을 때에는 이러려고 한 것은 아니었다.

하지만 이야기를 하는 동안 그동안 동생들이라 생각했던 이들의 행동을 보고 조직에 대한 미련을 버렸다.

그리고 그런 독사의 모습에 작두도 비슷한 감정을 가지게 되었다.

단순하지만 순수한 작두는 형님으로 생각했던 이진원이 죽고, 또 이번에는 독사도 밑에 동생들의 의심으로 조직을 떠나려 하자 그도 더 이상 이 생활에 미련을 버렸다.

사실 독사가 무엇 때문에 작은 조직인 만수파 밑으로 들어가기로 결정을 내렸는지 옆에서 지켜봤기에 그 심정을 누구보다 잘 알고 있었다.

만수파의 뒤에 있는 괴물은 자신들의 결정과 상관없이 일을 처리하겠다는 말을 하였다.

만약 독사 형님이 제안을 거절했다면 그 자리에서 독사는 물론이고 자신도 죽었을 것이다.

그리고 그날 진원파가 세상에서 사라지는 날이 분명했다.

혼자서도 자신의 조직은 물론이고 어쩌면 서울에 있는 조직이 전부가 덤벼도 감당하지 못할지도 몰랐다.

평범한 사람이 강철로 도배를 한 특수합금 문을 부숴 버릴 수는 없을 것이 분명하니 말이다.

그런데 저러고들 있는 모습이 참으로 봐 주기 어려웠다.

"그리고 나도 이번 일이 끝나면 독사 형님을 따라 은퇴를 할 것이다."

독사에 이어 작두까지 은퇴를 하겠다는 소리에 간부들이 당황했다.

자신들은 혹시나 하는 마음에 의심을 했는데, 오히려 은퇴한다는 소리에 간부들은 자신들이 너무 성급하게 판단한 것은 아닌지 걱정이 되었다.

솔직히 왜 통합을 하는 것인지는 모르지만 일단 통합이 된다면 두목인 독사가 있는 것과 없는 것의 차이는 분명 있었다.

막말로 독사가 있다면 파벌을 이룰 수가 있었다.

비록 이유를 모르지만 자신들이 만수파의 밑으로 들어간다면 기존의 권리를 인정받기란 어려웠다.

그런데 자신들의 구심점이 되어야 할 독사나 작두가 모두 은퇴를 한다고 하면 앞으로의 일에 많은 지장이 있었다.

만수파의 밑으로 들어가면 자신들은 분명 기존의 만수파 간부들에 비해 불이익을 받을 것이 분명했다.

거대 조직의 간부였던 자신들이 입장이 역전되어 그들의 눈치를 봐야 할 처지에 이르게 되었다.

"형님, 꼭 그럴 필요가 있겠습니까?"

이번에도 백원만이 나서서 말을 했다.

하지만 이미 마음의 결정을 내린 독사의 말은 단호했다.

"이미 내 결정은 변함이 없다. 몸도 예전만 못하고 조직의 일도 더 이상 내게 의미가 없어졌다. 그러니 난 이번 만수파와의 통합만 이루어지면 은퇴할 것이니 그리 알아라."

마지막 통고를 하고 자리에서 일어나 나갔다.

자신의 사무실이었지만 이익을 위해 그동안 형님이라 부르던 자신을 의심하고 이젠 다시 자신의 이익이 줄어들 것 같으니 말을 바꾸는 그들의 모습에 넌더리가 나 더 이상 보고 싶지 않아 밖으로 나갔다.

그런 독사의 모습에 작두도 자리에서 일어나 독사를 따라나섰다.

독사와 작두가 밖으로 나가자 남은 이들은 서로를 쳐다보며 눈만 깜박였다.

앞으로 자신들의 앞날이 걱정이 되었지만 지금은 어떤 말도 할 수가 없었다.

그들의 머릿속에는 자신들이 어떻게 될 것인지 떠오르지 않았기 때문이다.

이전에는 거대 조직 진원파의 간부라는 것 때문에 어깨에 힘을 주고 다녔지만, 이제는 그렇지 못할 것이란 생각이 들었다.

다른 거대 조직에 통합 되는 것도 아니고, 강남의 일부인 두 지역을 기반으로 하는 작은 조직에 먹힌 것이다.

그러니 누가 자신들을 인정해 줄 것이란 말인가?

만수파에 어떤 비밀이 있기에 독사나 작두가 그런 판단을 내렸는지 그것도 의문이었다.

그렇기에 남은 간부들은 자리에서 일어나지도 못하고 꼬리에 꼬리를 물고 이어지는 고민에 머리가 아파왔다.

◈　　◈　　◈

김병두는 자신의 의원 사무실에서 업무를 보다, 보던 서류를 집어 던져 버렸다.

참고 참으려고 했지만 도저히 화가 나 참을 수가 없었다.

어디서 듣도 보도 못한 잡것이 자신의 심기를 거스르고 있었기 때문이다.

비록 그 가진 바 능력이 어떤 것인지 알려지지 않아 두려운 것이긴 했지만, 그동안 국회의원으로써 무소불위의 권력을 휘두르던 그에게 하지 못하는 일이 발생했다.

아들은 원인불명의 고통에 시달리고, 또 자신의 심기를 괴롭힌 잡것들을 처리하기 위해 시도했던 일들은 모두 실패로 돌아갔다.

같이 모의 했던 이들 중 둘은 자신의 집과 사무실에서 심장마비로 세상을 떠났다.

물론 그게 어떤 수법으로 그런 것인지는 모르지만 최만수의 죽음은 의심만 할 뿐이지만 이진원은 아니었다.

분명 그가 죽을 때, 누군가 그가 있는 사무실을 습격한 사실을 알고 있다.

통화 중 그 목소리도 분명히 들었다.

그러니 김병두는 그가 두려우면서도 자신의 생각대로 풀리지 않는 현실이 무척이나 답답하고 짜증이 났다.

아버지 김한수 의원에게 지금은 그냥 놔두라는 말을 듣기는 했지만, 도저히 참을 길이 없었다.

'어떻게 하지?'

김병두는 성환이 두렵기도 했지만 아버지인 김한수 의원의 명령이 더 두려웠다.

그 때문에 한 달여를 참았지만 시간이 지나자 제 성질에 못 이겨 이렇게 화를 내는 것이었다.

"으, 어떻게 하면 이 답답한 상황을 해결할 수 있을까?"

아무리 머리를 쥐어짜고 해 보지만 고민을 해결할 뾰족한 수가 떠오르지 않았다.

김병두가 그렇게 고민을 하고 있을 때, 인터폰에서 비서가 연락을 해 왔다.

—의원님, 이세건 사장님께서 전화하셨습니다.

한참 혼자 고민을 하고 있는데, 이때 이세건 사장에게서 연락이 왔다는 소리에 김병두의 머리가 번쩍 무슨 생각이 스쳐 지나갔다.

'그래, 나만 있는 것이 아니었지!'

이제와 생각하니 자신과 비슷한 처지의 사람이 한 명 더 있음을 이제야 기억해 냈다.

자신의 아들과 함께 사고를 친 아이들의 부모 중 아직까지 살아 있는 자가 한 명.

동양건설이라는 국내 굴지의 건설사의 대표인 그.

뿐만 아니라 그는 자신이 계획을 세웠을 때, 자금을 조달하기까지 했던 인물이다.

지금에 와서 생각하니 그때의 일은 어쩌면 그자의 의도대로 자신이 움직인 것인지도 몰랐다.

아이들의 재판이 끝나고 벌어진 술자리에서 일을 재판까지 가게 만든 이들에 대한 보복 이야기가 나왔을 때, 가장 먼저 이야기를 꺼낸 이도 지금 와서 생각하니 바로 그였다.

당시 만수파 두목인 최만수는 그 일을 반대하는 입장이었다.

그런데 별다른 무력이나 그런 것도 없으면서 동양건설의 이세건 사장은 무엇 때문인지 자신의 기분을 살살 부추기며 자신이 계획을 세우자 나서서 자금을 대겠다는 말을 했다.

그 때문에 술기운에 호기롭게 나서서 계획을 입안했고, 진원파의 이진원이 청부업자를 물색할 때 그는 소요되는 비용을 담당하기로 했었다.

자신이 지금까지 어째서 그 생각을 못했는지 알 수가 없었다.

너무도 교묘하게 자신을 이용한 이세건 사장을 생각하니 뭔지 모를 패배감이 들었다.

어려서부터 아버지에게 사람을 다루는 것에 대한 교육을 받아 온 김병두는 그동안 자신이 많은 사람을 휘둘렀는데, 지금 생각하니 이세건만은 자신이 휘두른 것이 아니라, 그에게 휘둘린 감이 없잖아 있었다.

아무리 술기운 때문이라고 하지만 기업인의 감언이설에 놀아난 것 같아 기분이 살짝 좋지 못했다.

그러다 전화가 연결되었다는 생각이 들어 얼른 정신을 차리고 전화를 받았다.

"전화 받았습니다."

—오랜만입니다, 의원님!

수화기 너머로 이세건의 목소리가 들리자 김병두는 정신

을 차리고 말을 하였다.

이번에는 그의 수작에 넘어가지 않고 오히려 자신의 뜻대로 일을 진행하기 위해서는 정신을 똑바로 차릴 필요가 있었다.

솔직히 사람을 다루는 일은 자신보다 많은 사람을 거느리고 있는 기업인인 이세건이 훨씬 나을 것이기 때문에 정신을 바짝 차려야 한다.

"그래, 어쩐 일로 전화를 다 주신 겁니까?"

―하하 별거 있겠습니까? 그저 그동안 격조했는데 한번 보시는 것이 어떻겠습니까?

"그래요. 그리고 보니 우리가 본 지 참 오래 됐군요. 그래, 어디서 볼까요?"

―서초동에 있는 향원이 어떻겠습니까? 조용히 이야기하기도 좋고, 또 거기 새로운 아가씨도 있다고 하든데.

"그럼 조금 있다 8시에 보기로 하지요."

―네, 알겠습니다. 그럼 그때 뵙기로 하겠습니다.

탁!

김병두는 이세건과 통화를 마치고 눈을 반짝였다.

성환의 일로 그동안 스트레스가 쌓였는데, 참으로 좋은 때에 연락이 왔다.

혼자 고민하는 것 보다는 그를 만나면 뭔가 계획이 생각이 날 것도 같았다.

　향원은 고급 음식점으로 위치가 서초동이어서 그런지 법
조계 인사들이 자주 찾는 곳으로 유명했다.

　스트레스가 많은 직업 군인 이들 법조계 인사들을 상대
하다보니 그 음식 맛이나 서비스가 다른 곳보다도 특출 났
다.

　그리고 김병두도, 자신의 지역구가 이곳 서초구이니 이
곳을 자주 찾았다.

　김병두가 향원에 도착을 한 시간은 약속 시간보다 조금
빠른 7시 50분이었다.

　하지만 그가 도착을 하니 벌써 이세건은 약속 장소에 나
와 있었다.

　물론 이세건이 약속 시간보다 이르게 나온 것은 아니었
다.

　그저 김병두 보다 5분 빠른 시간에 도착을 해 있었을 뿐
이었다.

　"하하 이거 일찍 나온다 하고 나왔지만 원체 길이 막혀
서……."

　말도 되지 않는 변명을 하고 있지만 약속 시간에 늦은
것이 아니고 또 김병두가 하는 말이 그저 의례적인 말이란

것을 알기에 이세건도 별다른 말없이 가볍게 그의 말을 받았다.

"별말씀을 다 하십니다. 아직 약속시간까지는 시간이 좀 남았습니다."

"예 예, 자리에 앉으시지요."

두 사람이 자리에 앉자 김병두 의원을 안내해 왔던 마담이 그의 옆자리에 앉아 물었다.

"더 필요하신 것은 없으십니까?"

이미 김병두를 많이 겪다 보니 그의 의향부터 물어보는 마담이었다.

"음, 여기 이 사장님과 할 이야기가 있으니 부르면 와."

"예, 알겠습니다. 그럼 이야기 많이 나누시고 필요하시면 부르십시오."

마담은 김병두의 말을 듣고 자리에서 있어나 밖으로 나갔다.

마담이 나가고 방의 문이 닫히자 김병두가 입을 열었다.

"무슨 일로 보자고 한 것이오?"

조금은 직설적으로 물었다.

그러자 이세건은 은근한 말로 물었다.

"제가 듣기로 그자가 군인 출신이라 하던데, 의원님은 알고 계십니까?"

이세건이 성환에 관해 물어 오자 절로 눈살이 찌푸려졌다.

그자와 이세건을 엮으려 작정하고 나오긴 했지만, 이세건의 입에서 성환에 관한 말이 나오자 절로 기분이 나빠졌다.

그 때문에 김병두는 자신도 모르게 인상이 구겨졌는데, 말을 꺼낸 이세건은 자신의 말에 반응하는 김병두의 표정에서 그도 알고 있음을 깨달았다.

그리고 김병두도 자신이 실수를 해 내심을 들켰다는 것을 알고 바로 대답을 했다.

"한 달 전쯤에 보았소."

별달리 숨길 것이 없어 김병두는 아버지와 함께 성환을 본 것을 말했다.

그런 김병두의 모습에 이세건은 오늘은 그가 만만치 않음을 깨달았다.

"그를 보았다고 하니 어떻습니까?"

"뭐가 말이오?"

"그자 말입니다."

은근한 이세건의 말에 김병두는 하는 수 없이 자신이 성환과 만났던 이유와 결과에 대하여 말해 주었다.

그러면서 자신은 아버지 김한수 의원 때문에 나설 수 없는 입장을 설명하며 은근하게 이세건에게 대신 나설 것을 종용했다.

"그 때문에 난 아버지의 눈치를 봐야만 하는 입장이오.

얼마 뒤 치러질 총선 때문에 구설수에 오르면 안 되기 때문에 잠시 두고 보기로 했습니다. 그러니 이 사장이 나서는 것은 어떻소?"

"제가 말입니까?"

"예, 그때 처리하지 못한 그의 조카가 미국에 있는 것이 포착했으니……."

김병두는 뒷말을 줄이며 이세건이 나서도록 유도를 했다.

당시 계획을 세울 때, 이세건도 수진 모녀를 청부살인을 하는 데 적극적이지 않았던가?

그래서 지금 자신이 나서지 못하는 상황임을 설명하며 이세건에게 계획을 설명하였다.

"어차피 그자는 지금 국내에 있으니, 그년을 도와줄 형편도 못되고…… 또 미국에는 단돈 100달러만 주어도 사람을 죽여 줄 자들이 넘쳐 나지 않습니까?"

주워들은 것이 있다 보니 김병두는 미국의 현실에 관해 말을 꺼내며 이세건을 부추겼다.

"흠……."

이세건은 조금 전 김병두의 말에 눈을 반짝였다.

사실 손을 더럽히지 않고 복수를 하는 것이 가장 좋은 방법이지만, 그 일이 지지부진하다면 이세건의 입장에서 그리 좋을 것이 없었다.

일이라는 것은 **빠른** 시간에 끝내야 하는 것인데, 김병두 의원에게 맡겨 둔 일이 벌써 반년이 너머 가는 데 해결 기미가 보이지 않고 있었다.

김병두와 이세건이 이렇게 고급 음식점 어느 곳에서 음모를 꾸미고 있을 때, 그들이 있는 방과 얼마 떨어지지 않은 또 다른 방에서도 이들과 다른 또 다른 음모가 꾸며지고 있었다.

◈   ◈   ◈

향원의 별실에 특이하게도 여당의원인 이상덕 의원과 야당인 민국당 의원인 이봉천이 함께 자리하고 있었다.

"그래, 무슨 할 말이 있어서 이렇게 은밀하게 부른 것이오?"

국회 내에서야 서로 치고받는 사이지만 이렇게 국회를 벗어난 자리에서는 서로를 존중하며 이야기하는 관계의 사람들이 바로 대한민국의 국회의원이었다.

대한민국의 국회의원들은 자신들의 신분을 망각하는 이들이 참으로 많다.

마치 쇼를 진행하는 배우들 마냥 국회의사당에서 표결을 할 때면 서로 못 잡아먹어 아웅다웅거리며 고성과 싸움을 일삼았다.

그렇지만 이들은 국회 밖에서는 전혀 다른 모습을 보여 준다.

쇼는 무대에서 끝난 것이다.

언제 그리 싸움을 했냐는 듯 어깨를 나란히 하고 술자리를 하고, 밥을 함께 먹는다.

참으로 이해할 수 없는 모습이 아닐 수 없다.

하지만 그렇게 보여 주기라도 해야 국민이 자신들이 의정 활동을 하는 것으로 생각한다고 믿고 그리하였다.

그리고 국민은 그렇게 싸움을 벌이는 국회의원들을 보며 잘하고 있다는 생각보다는 정치에 대한 회의를 느끼며 외면하였다.

그러니 이상덕 의원과 이봉청이 함께 자리하는 것이 전혀 이상할 것은 없었다.

"조만간 국방위 특별감사가 있지 않습니까?"

이상덕 의원은 얼마 뒤 있을 국방위원회 특별감사를 언급을 하며 말을 서두를 꺼냈다.

그 말을 들은 이봉천은 무엇 때문에 그걸 언급하는 것인지 이해를 할 수 없었다.

설마 국방부 감사에 뭔가 덮어야 할 일이 있어 사전 조율을 위해 그런 것인가, 하는 생각마저 들었다.

이런 일이야 비일비재한 일이니 이상덕 의원의 말을 계속 듣기로 했다.

"그런데 음……. 이걸 어떻게 말을 해야 할지 참 난감합니다."

"뭔데 그럽니까? 속 시원하게 말씀해 보십시오."

너무나 뜸을 들이는 이상덕의 모습에 답답해진 이봉천이 참지 못하고 재촉을 했다.

자신의 의도대로 이봉천 의원이 반응을 하자 이상덕은 자신이 하고자 하는 이야기를 하기 시작했다.

"들리는 소식에 의하면 군에서 우리들 몰래 뭔가 비밀스런 일을 하고 있다고 합니다. 그 때문에 미군은 한국의 군사력이 상당히 향상되었으니 미군의 일부를 철수하겠다고 합니다."

미군이 일부 철수를 한다는 말에 이봉천 의원은 별거 아니란 표정으로 그 말을 받았다.

"군에서 무슨 일을 하고 있는지는 모르지만 우리나라의 군사력이 높아져 미군이 철수를 한다면 좋은 일 아닙니까?"

민국당의 주장처럼 미군이 철수를 하고 작전권이 대한민국 군으로 회수된다면 좋은 일이란 생각에 이봉천 의원은 잘된 일이라 생각하며 그렇게 말했다.

하지만 군 장성 출신인 이상덕은 그것을 바로 부정했다.

"물론 군사작전권이 우리 군에 돌아오는 것은 좋은 일이지만 그렇다고 미군이 철수를 하는 것은 아직 시기상조입니다. 왜냐하면……."

이상덕은 미군의 역할에 관해 심도 있는 이야기를 들려주었다.

국방을 지키는 것은 군사력도 중요하지만, 그에 못지않게 중요한 것이 바로 정보력.

대한민국은 그런 정보를 확보하기 위해 오래 전부터 독자적인 정보 수립을 하고 있었다.

하지만 그 활동에도 한계가 있었다.

1950년에 발발한 6.25사변 이후 휴전이 되었지만, 남쪽에는 많은 고정 간첩들이 활동을 하였다.

그렇지만 북한에는 이전에 침투한 스파이들이 공산당치하에서 활동을 할 수 없어 정보 수집이 어려워졌다.

정부에서는 북한에 간첩을 보낸 적이 없다고 하지만 그건 사실이 아니었다.

만약 그런 활동을 하지 않았다면 그건 직무유기다.

같은 민족이긴 하지만 총부리를 들이밀고 적대하는 세력인데, 적에 대한 염탐을 하지 않는다는 것은 말이 되지 않았다.

다만 공식 입장이 그렇다는 것이다.

아무튼 그렇게 몰래 정보를 취득하기 위해 정보원을 침투를 시킨다고 해도 그 한계가 있었다.

그런 부분을 미군이 정찰위성과 정찰기 등을 이용해 취

득한 정보를 넘겨받아 해결했다.

그런데 만약 미군이 철수를 하게 된다면 미국은 아무리 동맹이라 하지만 자국 군대의 안전이 확보된 뒤에는 그런 정보를 넘겨 주지 않을 것이 빤했다.

아니, 넘겨 주더라도 아주 비싼 가격에 들여와야만 할 것이 분명했다.

현대사회에서 정보는 힘이기 때문에 정보를 가지고 있는 것만으로도 많은 영향력을 행사할 수 있었다.

이상덕은 이러한 점을 이봉천에게 설명을 하며 얼마 전에 만났던 주한미군 사령관이 로버트 대장의 말을 전했다.

대한민국 군에서 비밀리에 특수부대를 양성하고 있는데, 그 특수부대의 목적이 의심되고 또 그 가진 바 능력이 대단해 주한미군의 숫자를 줄인다는 것이다.

이러한 이야기를 듣고 이봉천은 깜짝 놀랐다.

비록 군 장성 출신은 아니지만 그래도 국회의원 중 몇 안 되는 군필자 의원이었다.

그것도 장교로 임관을 했었고, 전방에서 철책 근무까지 하고 전역한 사람이다.

그러다보니 군대에 관해 많은 관심을 가지고 국방위원회에 적을 두고 있었다.

자신도 모르는 정보를 이상덕 의원이 말을 하자 너무도 놀랐다.

군의 예산을 집행하는 것을 감사하는 것이 자신이 속한 국방위원회다.

그런데 그런 감사를 피해 엄청난 예산을 투입해 특수부대를 양성 중이란 소리에 깜짝 놀랄 수밖에 없었다.

"그게 사실이오?"

"예, 이건 제가 제 정보 라인을 통해 확인한 것이니 믿어도 될 것입니다."

이상덕은 이봉천 의원이 거듭 확인을 하듯 물어 오자 고개를 끄덕이며 자신도 로버트 대장의 이야기를 듣고 자신만의 비선을 이용해 알아봤고 그 말이 사실이란 것을 알게 되었단 소리를 했다.

거듭 확인했다는 이상덕 의원의 말에 이봉천은 심각해졌다.

국방위원으로서 그러한 내용을 모르고 있었다는 것이 심히 불쾌했다.

불쾌한 마음을 달래기 위해 이봉천은 자신의 앞에 놓인 술잔을 들어 단숨에 마셨다.

"큭!"

술은 무척이나 썼다.

마치 자신의 심정을 대변하듯 술은 그가 좋아하는 매실주는, 싸구려 소주를 마신 것 같이 무척이나 쓰기만 했다.

"이 의원, 이게 말이나 되는 소립니까? 국방위원인 우리도 모르는 비밀 부대라니요. 그들은 무슨 생각으로 그런 부대를 만들었는지 이번 감사에서 확실히 알아봐야 하지 않겠습니까?"

이봉천 의원이 자신의 예상대로 반응을 보이며 술을 비우며 인상을 찡그리자 이때다 싶은 이상덕은 그동안 숨겨 두었던 말을 그대로 꺼냈다.

지금 이상덕이 하고 있는 말이 참으로 어처구니없는 소리였다.

자신이 무엇이기에 군에서 하는 것을 일일이 보고를 해야만 한다는 것인지 말도 되지 않는 억지 주장을 하고 있었다.

하지만 이미 뭔가 기분이 상했는지 연거푸 술잔을 기울이는 이봉천은 그 말의 억지스러움을 간파하지 못하고 그 말에 동조하는 모습을 보이고 있었다.

한참 조용히 술만 먹던 이봉천이 고개를 들어 이상덕 의원을 보았다.

"그래서 내게 하고 싶은 말이 뭐요?"

"미국에서는······."

이상덕은 전에 로버트 대장과 만났을 때 나눴던 내용을 이 자리에서 풀어내며 미군의 철수는 안 된다며 그것을 막기 위해 그들이 철수의 빌미로 내놓은 특수부대의 해체를 언급했다.

"국방위가 알지도 못하는 부대가 있다는 것도 문제지만, 그 예산이 그동안 어떻게 형성된 것인지도 분명히 따져야 할 것입니다."

대한민국 군의 예산에 대한 문제가 나오자 지금까지 별다른 반응을 보이지 않던 이봉천이 급격히 반응했다.

그리고 이상덕 의원이 무엇 때문에 지금까지 야당의원인 자신을 불러다 장황하게 설명을 했는지 이제야 이해가 갔다.

즉 지금까지 한 모든 이야기는 이 예산을 어떻게 모아서 집행을 했는지 알아내 국방 예산을 보고와 다르게 유용했다면 이를 빌미로 국방 예산을 자신들이 원하는 쪽으로 돌리자는 소리였다.

사실 여당이고 야당이고 국방에 신경을 쓰는 사람은 아무도 없었다.

그건 이 자리에 있는 두 사람도 마찬가지였다.

이 둘이 국방위원회 소속 의원이긴 하지만 이들의 관심은 곧 있을 총선에서 자신들의 재선이 목표였다.

그러기 위해선 당의 공천이 우선.

그런데 당에 공천을 받기 위해선 뭔가 당에 도움이 되는 일을 해야만 했다.

아무리 자신들이 현 의원이고 하더라도 공천을 받는 것은 쉬운 일이 아니다.

그래서 이렇게 뭔가 건수를 찾아내 자신들이 속한 당에 도움이 될 만한 사건을 만들던 찾아내야만 한다.

방금 이상덕 의원이 한 제안은 이런 취지에 무척이나 잘 맞았다.

국방예산을 줄이면 자신들이 선거 유세 때 공약을 더 많이 걸 수 있었다.

예전에야 공약은 공약이라 말했지만, 지금은 절대 그럴 수 없었다.

만일 공약을 했다가 사실이 아닐 경우 후폭풍을 맞을 맞게 된다.

그러니 선거를 할 때, 유세를 할 때 철저히 실현 가능한 것으로 공약을 내세워야만 했다.

솔직히 공약도 돈이 있으면 충분히 가능하다.

다만 그 모든 것이 돈이 부족해 벌어지는 일이다.

그러니 국방 예산을 줄일 수 있는 방법만 알아낸다면 충분히 가능했다.

이런 생각에 이봉천은 이상덕 의원이 하는 이야기에 관심을 보이기 시작했다.

5.
날개를 얻다

국회 국방위원회에서 감사가 진행이 되고 있었다.

국방위원회에 속한 의원 6명이 국방부 장관과 각 군 장성들을 모아 두고 질의를 하고 있었다.

"공군의 차기 전투기 사업에 대한 질의는 이만 끝내기로 하겠습니다. 다음으로 육군의 차세대 주력 전차와 자주포 개발, 개선 사업에 관한 질의가 시작되겠습니다."

사회자의 말에 자리에 있던 의원들은 일제히 준비한 자료를 뒤지기 시작하였다.

실내에는 서류를 넘기는 소리가 요란하게 들렸다.

"먼저 선진당 백윤호 의원님께서 질의를 시작하겠습니다. 질의 시간은 10분입니다."

짧다면 짧고 길다면 긴 시간인 이 10분이란 시간을 이용해 많은 내용의 질문들이 오간다.

지명을 당한 선진당 백윤호 의원이 마이크에 대고 육군 참모총장인 이기섭 장군에게 질의를 시작했다.

"선진당 백윤호 의원입니다. 만나서 반갑습니다. 그럼……."

백윤호 의원을 시작으로 위원회 의원들이 주제에 맞게 아직도 해결이 나지 않은 대한민국의 주력 전차의 개발 계획과 개선 사업에 관해 질의를 했다.

그리고 그런 질문에 대해 이기섭 총장은 성의껏 답변을 했다.

하지만 순조롭게 흐르던 질의 시간은 한국당 이상덕 의원의 차례가 되면서 소란스러워지기 시작했다.

"이번에는 한국당 이상덕 의원의 질의가 있겠습니다."

차례가 돌아오자 이상덕은 눈을 반짝였다.

드디어 기다리던 시간이 된 것이다.

이상덕은 준비된 서류를 펼치며 이기섭 총장에게 질문을 하기 시작했다.

"전 이 자리에서 주제와 좀 다른 질문을 하려고 합니다."

첫 질문의 서두를 다르게 꺼내자, 여기저기에서 웅성거리는 소리가 들렸다.

하지만 단 한 사람, 이상덕 의원의 말에 미소를 지으며 고개를 끄덕이고 있었다.

주변에서 떠들거나 말거나 이상덕은 자신의 말을 이어 갔다.

　"군에서 저희 위원들 모르게 특수부대를 양성한다고 하던데…… 사실입니까?"

　"아니, 그게 무슨 말이야!"

　이상덕 의원이 이기섭 총장에게 질문을 하자 그의 옆자리에 있던 동료 의원이 물었다.

　전혀 들은 바 없는 이야기를 하고 있는 이상덕 의원의 말에 놀라 이기섭 총장이 대답을 하기도 전에 먼저 물어온 것이다.

　하지만 이미 작정을 하고 나온 이상덕은 동료 의원에게 시선도 돌리지 않고 질의에 답변을 하기 위해 나온 이기섭 총장을 향해 시선을 고정했다.

　"오늘 주제에 맞는 질문을 해 주시기 바랍니다."

　사회자의 제지가 있었지만 이상덕 의원은 전혀 물러날 생각을 하지 않고 다시 한 번 자신이 준비한 질문을 했다.

　"이는 아주 중요한 일입니다. 어떻게 보면 오늘 주제인 차세대 주력 전차와 자주포의 개발, 개선안보다 더 중요한 문제입니다. 그러니 답변해 주시기 바랍니다. 비밀리에 준비하는 특수부대가 있습니까?"

　너무도 고집스런 이상덕 의원의 모습에 그가 왜 그러는지 모르는 의원들은 이상을 찌푸렸다.

그리고 질문을 받은 이기섭 총장도 역시나 인상을 구겼다.

"그 질문은 오늘 주제와 맞지 않는 관계로 대답하지 않겠습니다."

이기섭 총장이 눈을 감자 바로 이상덕이 말했다.

"말하세요. 이는 아주 중요한 문제입니다. 예산을 임의로 유용했다면 아주 심각한 문제가 발생할 것입니다."

이상덕 의원은 자신이 무슨 대단한 것을 알고 있는 것처럼 이기섭 총장을 다그쳤다.

한때 자신의 상관이었던 이기섭 총장을 그는 마치 죄인을 상대하듯 이렇게 무섭게 호통을 치는 것이다.

하지만 이상덕이 그러거나 말거나 이기섭 총장은 눈 하나 깜박이지 않고 담담히 대답을 했다.

"질문할 것이 없으면 이만 자리에서 일어나겠습니다."

대답은 않고 이기섭 총장이 자리에서 일어나자 이상덕은 탁자를 치며 큰소리를 질렀다.

쾅!

"지금 이 자리가 어떤 자린데, 임의로 끝내겠다 말겠다 하는 것이야!"

이기섭 총장이 질의를 받는 자리에서 일어나려 하자 가만히 이상덕 의원의 이야기를 듣고 있던 이봉천 의원이 이상덕 의원을 돕고 나섰다.

"어서 이야기를 해 주시오. 국방 예산을 유용했습니까? 안 했습니까?"

차세대 전차와 자주포 개발과 개선 사업을 논의하는 자리에서 갑자기 예산 유용 문제로 주제가 바뀌고 있었다.

그 때문에 질의장은 지금 무척이나 어수선해져 결국에는 시장 바닥처럼 소란스러워졌다.

탕탕탕!

"정숙! 정숙해 주시기 바랍니다. 이상덕 의원이 자리에 맞지 않는 질문을 했지만, 예산 유용은 아주 중요한 문제이니 참모총장은 어서 답변해 주시기 바랍니다."

의장은 같은 당 의원인 이상덕 의원에게 오늘 미리 어떤 질문을 할 것인지 들었기에 소란스런 주위를 조용히시키는 한편 이기섭 총장에게 답변할 것을 지시했다.

이기섭 총장은 현장 분위기가 자신이 답변을 하지 않을 수 없게 몰고 가는 것 같다는 것을 느꼈다.

하지만 S1은 극비 중의 극비.

군 내부에서도 관계자 몇 사람만 알고 있는 것이었는데, 이상덕 의원이 어떻게 알게 된 것인지 모르지만 돌아가 조사를 해 볼 필요를 느꼈다.

그렇지만 일단 이곳에서 어떻게든 답변을 해야만 끝날 문제라 답변을 하지 않을 수가 없었다.

"좋습니다. 답변을 하겠지만 일단 짚고 넘어갈 문제가

있습니다. 이는 국가 안보에 지대한 영향을 주는 문제이니 녹취를 중단해 주시기 바랍니다. 그리고 듣게 되는 내용에 대해선 비밀을 엄수해 줘야만 합니다. 그럼 말씀 드리겠습니다."

너무도 중요한 문제라 모든 것을 답변하진 않겠지만 그래도 최대한 비밀 보장을 해야만 하는 일이니 이렇게라도 말을 하였다.

"알겠습니다. 그럼 녹취를 중단해 주시오. 그리고 이 자리에 있는 위원들께서는 내용의 중요성을 깨닫고 비밀 엄수를 해 주셨으면 합니다."

의장이 이렇게 말을 했지만, 이기섭 총장은 결코 비밀이 보장되지 않을 것을 잘 알고 있었다.

"어떻게 알았는지 모르겠지만 질문을 하셨으니 말씀드리겠습니다. 있습니다, 됐습니까? 말씀을 드렸으니 이젠 제가 질문을 하지요. 어떻게 그 비밀을 알게 되었습니까?"

이기섭 총장은 군에서 비밀 부대에 대해 인정해 버렸다.

그런 이기섭 총장의 답변을 듣고 자리에 있는 사람들은 모두 놀란 눈으로 그를 쳐다보았다.

설마 대한민국에 그런 부대가 양성이 되고 있다는 것이 믿기지 않았다.

"어째서 보고를 하지 않고 그런 부대를 양성한 것입니까?"

"이보시오 이 의원! 국가 안보를 책임지고 있는 군대에서 그런 부대를 양성하는 것은 당연한 것이지 않소! 어떻게 군 출신 의원으로서 그런 어처구니없는 질문을 할 수 있는 것이오. 모든 사람들에게 공개를 할 거면 그게 어떻게 비밀 부대라 할 수 있는 것이오."

이기섭 총장은 거듭해서 비밀 부대 양성에 관해 따지고 드는 이상덕 의원에게 오히려 상식이 없다는 식으로 도리어 질문을 하였다.

사실 상식적으로 생각해도 이는 말이 되지 않는 소리였다.

국가 안보를 위해 양성하는 부대를 공개적으로 양성을 하겠다고 말을 하는 것은 정말이지 말도 되지 않는 소리다.

기만술로써 그런 부대를 양성하지 않으면서 양성한다고 할 수는 있다.

마치 북한이 핵무기를 만들었는지 만들지 않았는지 모르지만, 과거 핵무기를 가지고 있는 것처럼 꾸며 원조를 받아 낸 전례가 있으니 말이다.

물론 나중에 국제 원조를 받으면서 그것을 유용해 핵무장을 했다는 것이 뒤늦게 밝혀져 논란이 되긴 했지만 아무튼 특수부대의 양성을 국회의원에게 보고를 하고 양성하는 것은 정말이지 상식 밖의 질문이었다.

국가 예산을 처리한다는 것을 무기로 국회의원들은 자신들이 무슨 군의 위에서 부리는 사람처럼 행사를 하고 있는 것이 이 자리에서 여실히 드러나고 있었다.

"이 문제는 우리 군에서 면밀히 조사를 할 것이오. 나중에 조사를 해 보고 만약 불법적인 일이 발생했다면 가만있을 않을 것입니다."

이기섭 총장은 오늘 이상덕 의원의 말을 그냥 넘길 생각이 없었다.

"지금 의원을 협박하는 것이오!"

"국가 기밀을 어떻게 알게 되었는지 그럼 이 자리에서 밝혀 주시기 바랍니다. 물론 불법적이지 않았다 주장하고, 그게 사실인지는 어떤지는 조사를 통해 밝혀지겠지만 말입니다. 어서……."

S1에 관한 특급 비밀이 외부에 알려진 것은 무척이나 심각한 문제였다.

다른 자도 아니고 국회의원에게 알려졌다면 이미 S1에 관한 비밀은 미국은 물론이고, 주변에 있는 중국이나 일본에도 알려졌을 공산이 컸다.

아니, 분명 전부는 아니지만 대한민국이 그런 특수부대를 양성 중이란 것을 알게 된 것 만으로도 심각한 문제를 야기할 수 있었다.

"특히 이상덕 의원께서는 군 장성 출신이라 군사 비밀에 관해선 누구보다 잘 알고 계실 것이라 사료되는데…… 이런 자리에서 그런 이야기를 꺼냈다는 말은 자신이 있다는 것이겠지요?"

거듭되는 이기섭 총장의 말에 이상덕은 속으로 '이게 아닌데'라는 생각이 들었다.

이상덕은 자신이 생각지도 않은 때, 일급 보안 사항에 대하여 언급을 하면 이기섭 총장이 당황하여 실수를 할 것이라 예상을 했다.

자신의 질의에 대답을 하지 못하고 변명하기를 급급할 것으로 예상하고 그 뒤 어떻게 할 것인지 계획을 세웠는데, 전혀 자신이 예상한 반응과 반대 반응이 나오자 오히려 자신이 당황했다.

특히나 이 자리에 불려 온 국방부 장관이나 공군이나 해군 참모총장들은 의원들의 질의에 대답을 하는 것에 당황하여 변명을 하는 거에 급급했는데, 이기섭 참모총장은 전혀 그런 기미가 없었다.

오히려 당당하게 위원회 의원들의 질문에 간단명료하게 대답을 해, 벼르고 있던 의원들을 기를 죽였다.

지금도 이상덕이 S1이 양성되고 있는 것에 대하여 어떻게 알았냐며 조사에 들어가겠다는 말을 하였다.

"지금 국화의원인 날 협박하는 것입니까?"

국회의원은 국회 내 발언에 대하여 면책의 특권이 있다.

즉, 그 말은 국회 내부에서 발언한 것에 대한 책임을 묻지 않는 말이었다.

이러한 면책 특권을 가지고 그동안 많은 국회의원들이 아니면 말고, 라는 식의 무책임한 정책을 남발해 여러 사회 문제를 일으키기도 했다.

막말로 아이가 별 뜻 없이 던진 돌에 맞은 개구리는 생명의 위협을 당한다.

국회의원의 무책임한 발언 때문에 마녀사냥식의 피해를 입은 사람들이 더러 있다.

그 때문에 국회의원 일부에서 면책 특권에 대한 사항을 축소하자는 말이 나오기도 했지만, 대한민국 국회의원들의 대부분은 그 의견을 일축했다.

자신들의 권리는 최대로 행사하면서 의무는 최소로 하는 몰지각한 이들이 정당의 높은 자리에 있다 보니 벌어진 어처구니없는 일이었다.

아무튼 지금도 이기섭 총장의 말에 이상덕은 자신이 궁지에 몰리자 그런 심정으로 자신을 협박하는 것이냐는 발언을 하였다.

그 말에 일부 위원들이 이기섭 총장을 성토하였지만, 이기섭 총장은 눈 하나 깜빡이지 않고 그들을 노려보았다.

방금 이상덕 의원이 한 발언들은 국가 기밀에 관한 것으로 국회의원의 면책 특권에 들어가지 않는 아주 중요한 비밀이다.

그러니 이기섭 총장은 다른 의원들이 뭐라고 하더라도 이번에는 그냥 넘길 수 없었다.

아니, 넘길 사안이 아닌 것이다.

"이상덕 의원은 지금 국가기밀을 만천하에 공개하였습니다. 이 때문에 저희 군은 대한민국을 수호하는 데 지장을 초래하게 되었습니다. 그래서 저희 군은 역량을 다하여, 이상덕 의원이 그 비밀을 어떻게 취득하게 되었는지, 군 내부에 동조 세력은 없는 것인지 철저히 수사를 할 것입니다."

이기섭 총장의 서릿발 같은 발언에 이상덕은 할 말을 잊었다.

그런데 이때 정신을 놓고 있는 이상덕 의원을 구원하는 소리가 있었다.

그 사람은 바로 이봉천 의원이었다.

민국당 의원인 그는 어쩌면 정적과도 같은 존재인 이상덕과 오늘 위원회가 소집되기 전 사전에 모의를 하였기에 이 자리에서 이상덕이 궁지에 몰리게 그냥 둘 수가 없었다.

만약 이상덕이 사전 계획과 다르게 이렇게 몰락하게 된다면 자신이 당에 큰소리쳤던 것은 부메랑이 되어 자신에게 돌아오기 때문이다.

"저도 들은 것에 의하면 그 때문에 주한미군 내부에서 철수 움직임이 있다고 들었습니다."

이봉천 의원은 이상덕에게 이야기를 들었을 당시만 해도 그러려니 했다.

그런데 민국당 차원에서 혹시나 해서 알아보니 정말로 그런 정황이 포착이 되었다.

오래 전부터 미국은 한국에 원하는 것이 있을 때마다 주한미군 철수라는 카드를 상용해 왔다.

그랬기에 지금에 와서는 그 카드가 별로 약발이 받지 않고 있어 일부 병력이 정말로 철수를 하기도 했었지만, 철수라는 카드는 이제 그리 강력한 조커 카드로 사용하기에는 한국인들에게 단련이 되어 있어 별 소용이 없다.

그렇지만 어떻게 사용하느냐에 따라서는 조커까지는 아니어도 에이스 패 정도로 사용할 수는 있었다.

정치권에서는 자신들이 필요할 때마다 사용하는 여론이란 것이 있었기 때문에 포장을 어떻게 하느냐에 따라서 조금 전 이상덕 의원이 말한 비밀 특수부대 양성과 주한미군 철수에 관해 판을 뒤엎을 수도 있었다.

이미 이들에게 국가의 안위보단 자신들의 영달에 눈이 뒤집히다보니 방금 전 이기섭 총장이 국가기밀 누설이란 큰 잘못도 귀에 들어오지 않았다.

국방위원회 의원들과 이기섭 총장의 발언으로 장내가 소

란스러워지자 의장은 더 이상 두고 보지 못하고 폐회를 선언했다.

"더 이상 안건에 관한 질의가 없는 것으로 알고, 이만 청문회를 마치겠습니다!"

탕! 탕! 탕!

의장은 얼른 의사봉을 두들기고 청문회가 끝났음을 선언하고 밖으로 나가 버렸다.

그러자 의원들도 더 이상 볼 일이 없다는 생각에 의장을 따라 나가 버렸다.

물론 더 이상 이 자리에 있다가 어떤 일을 당할지 모르는 이상덕 의원도 빠르게 동료 의원들을 따라 나가 버렸다.

그런데 그런 이상덕 의원의 뒤통수를 노려보는 이가 있었다.

그는 기밀을 누설한 이상덕 의원을 보면서 차가운 미소를 짓고 있었다.

분노하는 이기섭 총장과 다르게 그의 입가에 미소가 지어진 것은 별거 없었다.

잘하면 이번 기회에 자신의 동기인 성환에게 S1을 떠넘길 수 있을 것 같았기 때문이다.

최세창은 요즘 부쩍 이기섭 총장과 함께 동행을 하고 있었다.

정보사령부 소속이지만 극비 프로젝트의 하나인 삼청 프로젝트를 수행하는 중이다보니 그러하였다.

삼청프로젝트의 핵심은 군을 전역한 성환이었다.

방금 전 이상덕과 같은 비리의원들을 처리하기 위해선 많은 증거들이 필요했다.

1970년대나 1980년대 초만 같았으면 강력한 군부의 힘으로 그런 비리 의원들을 전격적으로 구속해 군사 재판이라도 벌였을 것이지만 지금은 시대가 변했다.

보는 눈도 많았고, 또 국회의원의 힘이란 것이 이제는 대통령도 함부로 하지 못할 정도로 막강해졌다.

그들은 조선 후기 당파들 마냥, 세력을 규합하고 왕을 좌지우지하던 사대부 마냥, 안하무인으로 행사하고 있다.

여론을 이용해 자신에게 유리한 방향으로 정책들을 재단했다.

그리고 그건 여당이라고 해서 다를 것이 없었다.

권력의 최고 정점이라는 대통령이라고 해도 함부로 하지 못할 정도의 권력을 가지게 된 정당들은 이합집산을 하며 국가를 농단(壟斷)했다.

최세창은 조국의 발전을 위해서는 이런 백해무익한 이들은 모두 척결해야 한다는 생각이다.

그래서 자신과 비슷한 생각을 가지고 있지만 자신과 다르게 리더십과 카리스마를 가진 성환을 선택했다.

정보 수집과 작전을 짜는 것에는 누구에게 뒤지지 않는다 생각하지만, 자신에게는 성환과 같은 추진력과 조직을 장악할 수 있는 카리스마가 부족하다는 것을 누구보다 잘 알고 있는 최세창은 자신이 살아오면서 인정한 몇 되지 않는 사람 중, 동기인 성환이 가장 뛰어나고 카리스마 넘치는 그에게 자신이 입안한 삼청프로젝트를 제안했다.

그리고 뜻이 맞아 성환이 프로젝트에 참여를 하고 진행하기로 하자 그를 돕기 위해 여러 가지를 준비했다.

그중 하나가 바로 성환이 정보사령부 내에서 비밀리에 양성하고 있던 S1.

성환의 전역으로 프로젝트가 비록 미완성으로 끝났지만 그건 그것대로 좋았다.

그동안 삼청프로젝트가 S1프로젝트보다 더 중요하다 판단해 그냥 두었는데, 이번 청문회를 통해 분명 이상덕 의원과 일부 의원들은 자신들이 국가 기밀 누설을 한 것에 대한 책임을 면하기 위해 분명 어떤 짓을 할 것이 분명했다.

그리고 그 일이란 것은 보지 않아도 최세창은 알 수 있었다.

국회의원들이 흔히 잘 쓰는 여론 조작을 말이다.

◈   ◈   ◈

청문회가 끝나고 육군본부가 있는 계룡대로 돌아가는 차 안 최세창은 인상이 굳은 채 아무런 말을 하지 않고 있는 이기섭 총장에게 말을 걸었다.

"총장님, 그렇게 너무 심각하게 생각할 필요 없습니다."

"아니, 지금 귀관은 이 문제가 장난으로 보이나!"

이기섭 총장은 청문회 당시 있었던 일을 곱씹으며 보안이 뚫린 것에 대하여 고민을 하고 있었다.

정보사령부 내에서도 몇 명만 알고 있는 극비 프로젝트가 외부로 유출이 된 것이다.

그런데 지금 정보사령부 소속의 장교가 별거 아니란 투로 이야기를 하자 분통이 터져 고함을 친 것이다.

"그렇게 들렸다면 죄송합니다. 하지만 이렇게 생각하시는 것은 어떻겠습니까?"

뭔가 대책이 있는 듯 최세창이 은근하게 말을 하자 이기섭 총장도 화를 내던 것을 그만두고 최세창의 말에 귀를 기울였다.

"그래 어떻게 하자는 것인가?"

"사실 S1프로젝트는 정성환 대령이 전역을 하면서 중단이 되었습니다. 그의 말대로 하자면 시간이 조금 걸리긴 하겠지만 자연스럽게 완성이 된다고 하지만 솔직히 저희 군의 상태로는 언제 그들이 필요할지 모르는 상황이지 않습니까?"

최세창은 그동안 잠잠하던 북한이 다시 휴전선 근처에서
도발을 하는 것이나, 평양 방송을 통해 공공연하게 남한을
비난을 하며 불바다 운운하는 것에 대하여 언급을 했다.

"사실 경제 부분을 빼고 군사 부문만 놓고 보면 북한은
우리에게 충분히 위협이 됩니다. 군은 북한의 위협을 예방
하기 위해 S1프로젝트를 진행했지만, 미국은 이것을 자국
에도 위협이 될 수 있다 판단한 듯합니다."

이기섭 총장은 최세창의 이야기를 듣다 보니 청문회 때,
이상덕 의원이 어디서 정보를 듣게 되었는지 이제야 감이
잡혔다.

"더해 보게!"

이기섭 총장의 말에 최세창은 자신이 생각한 것들을 자
세히 풀어놓기 시작했다.

최세창의 이야기를 요약하면, 아직 완성도 되지 않은
S1에 대하여 미국이 겁을 먹고 S1의 해체나 성환이 전역
을 하기 전 미군과 계약한 방탄복에 대한 수량을 조절하려
는 수작이라는 판단이다.

확실히 5억 달러라는 것이 결코 적은 금액이 아니지 않
은가?

그러니 미국에서도 어떻게든 비용을 줄이기 위해, 아니
면 위협이 되는 한국의 특수부대를 해체하려는 시도를 하

는 것이다.

솔직히 이기섭 총장이나 최세창의 생각에는 주한미군의 일부 병력 철수는 그리 나쁜 제안이 아니다.

미국이 대한민국 땅에 주둔을 하면서 그냥 주둔하는 것은 아니다.

그들의 주둔 비용은 상당 부분 한국에서 제공하고 있었다.

그 비용만 줄인다고 하면 대한민국 국군에 많은 도움이 될 것이 분명했다.

주한미군은 분명 필요한 존재다.

하지만 그들이 야기하는 사건사고 또한 주한미군이 많아서 그런지 무척이나 많이 발생하고 있다.

주한미군이 한국에 주둔하면서 SOFA(주둔군지위협정)가 여러 차례 개정이 되었지만, 아직까지 그들이나 그들의 자녀들이 벌이는 범죄에 관해 대한민국은 제대로 된 처벌을 못하고 있다.

아직도 SOFA규정이 대한민국 사법 당국이 그들을 처벌하는 것을 가로막고 있기 때문이다.

그러한 때에 일부 병력을 철수한다면 그것을 빌미로 새롭게 SOFA규정을 개선할 수 있을 것이다.

뿐만 아니라 인원이 감축되었으니 그들의 주둔비도 재조정이 필요하다.

만약 대한민국 국군의 능력이 7~80년대에 머물고 있었다면 감히 생각지 못할 일이지만, 21세기 들어 대한민국 군은 엄청난 발전을 이룩했다.

미군에 의지하던 국외 정보에 관해 상당 부분 자력으로 수집할 능력이 생겼다.

이것은 국군정보사령부의 역량이 그만큼 커졌기 때문에 가능한 일이었다.

특히나 최세창 중령이 처음 육사를 졸업하고 정보사령부로 임관한 뒤로 발전이 더욱 가속화되었다.

뛰어난 정보 분석 능력은 물론이고 작전 수립에 관해서도 타의 추종을 불허하는 최세창이었다.

그 때문에 정보사령부에서 수립한 작전은 예전보다 더 높은 성공률을 보였다.

그렇게 알찬 정보가 수집되고 또 분석이 되면서 주적인 북한은 물론이고, 동북공정을 하는 중국과 호시탐탐 독도를 노리는 일본의 허실을 파악하게 되었다.

중국은 서방세계에 알려진 것에 비해 그리 위협적이지 않았다.

아니, 위협적이지 않은 것이 아니라 위협은 되지만, 그 힘의 크기가 과대포장이 되었다는 표현이 맞을 것이다.

중국 보다는 대한민국에 위협이 되는 것은 바로 일본이었다.

일본은 겉으로는 한국의 우방인 것처럼 포장을 했지만, 일본의 상층부에서는 그렇지 않았다.

아직도 한국은 구한말 미개한 자신들의 식민지 민족이고, 열등 민족이라 생각하고 있었다.

누가 그랬던가? 일본인 한 명, 한 명은 모두 믿을 수 있는 사람이지만, 그들이 집단을 이루었을 때는 절대로 겉으로 보이는 모습을 믿어선 안 되는 족속이라고 말이다.

그것처럼 일본은 겉으로는 한국과 손을 맞잡고 공산주의를 표방하는 북한이나 중국 그리고 러시아를 견제하는 것으로 보이지만 절대 그렇지 않았다.

호시탐탐 대한민국을 노리고 있었다.

일본 제국 시절 자국의 정부에서 작성한 지도에도 분명 독도는 조선의 땅, 즉 현재 조선을 계승한 대한민국의 영토로 표기되어 있다.

하지만 일본 정부는 그것을 인정하지 않고 대한민국이 독도를 불법 점거하고 있다고 주장하고 있었다.

이런저런 이야기가 나오면서 세창은 어차피 밝혀진 것 S1을 모두 성환에게 보내는 것이 어떠냐는 말을 하였다.

"총장님, 차라리 이리된 것 정 대령에게 그들을 보내는 것은 어떻겠습니까? 정 대령이 지금 하는 일도 도와줄 사람이 필요할 것입니다. 그리고 그들이 정 대령에게 가 있는 동안 정 대령이 그들을 완성할 것이니 이는 어쩌면 잘

된 일일 수도 있습니다. 미국과 일본에 경각심을 심어 주고 그러는 한편 미완성이 S1을 완성시킬 절호의 기회입니다."

최세창은 간곡하게 이기섭 총장을 설득했다.

이기섭 총장도 최세창의 이야기를 듣다 보니 생각이 살짝 그런 쪽으로 기울기 시작했다.

어차피 S1에 관한 비밀은 외부에 알려졌다.

그러면 고집해서 그들을 끌어안고 있는 것 보다는 겉보기에 해체한 것처럼 그들을 성환에게 보낸다면 더 좋은 것이 아닌가 하는 생각마저 들었다.

정말로 최세창 중령의 말대로만 된다면 그의 말마따나 기회가 될 수도 있다.

생각을 하면 할수록 이기섭 총장의 생각도 최세창이 한 이야기 쪽으로 넘어갔다.

하지만 그렇다고 보안이 뚫린 것에 관해서 그냥 넘어갈 수는 없었다.

정보를 다루는 정보사령부 내에서 보안이 뚫린 것이니 그건 꼭 짚고 넘어가야만 했다.

"그건 그것이고, 어떻게 해서 프로젝트의 비밀이 미국에 그리고 이상덕 의원에게 넘어간 것인지 철저히 조사를 할 필요는 있어!"

"맞습니다. 국가 기밀을 팔아먹는 이가 있다는 것은 수

치스러운 일입니다. 이번 기회에 정보사령부는 물론이고 전군에 보안 의식을 점검해야 할 필요성이 있습니다."

"돌아가면 그리 조치하도록 하지."

군사 기밀을 미군에 넘긴 이를 찾아내는 것도 중요한 일이지만 아직도 군 내부에는 보안의식이 느슨한 장교들이 많았다.

아니, 느슨한 정도가 아니라 마치 자신이 알고 있는 군사 비밀을 자랑하려는 이도 있었다.

소영웅주의에 빠진 일부 얼빠진 장교들이 자신이 취득한 비밀을 주변인들에게 자랑 삼아 퍼뜨리는 예가 많았다.

이런 것을 바로잡아야 할 필요성이 있었다.

보안은 아무리 강조를 해도 부족함이 없는 것이다.

작게는 군을 무너뜨리고, 크게는 나라를 전복시키는 일은 이런 보안 의식이 부족한 일부 장교들이 흘린 정보 때문이다.

대한민국은 이런 위인들 때문에 그동안 많은 불이익을 당해 왔다.

혈맹이라 믿어 의심치 않는 미국에 호구가 되어 그들의 필요에 따라 휘둘렸다.

일 예로 무기 도입 사업 당시 담당 장교가 흘린 정보 때문에 군은 일본이나 대만보다 고비용으로 무기를 도입했다.

뿐만 아니라 조기 경보기 사업도 그렇다.

몰지각한 장교의 정보누설로 위기를 느낀 일본이 로비를 통해 도입 시기가 많이 늦춰지기도 했다.

그러니 S1을 해체해 성환에게 보내는 일과는 별개로 군 내부 감찰과 보안 교육을 강화할 필요성이 대두되었다.

정말이지 이번 S1의 비밀이 외부에 알려진 것은 대한민국에 큰 위기가 될 수도 있었다.

다만 아직까지 미국에서 심하게 압박을 하지 않는 것으로 봐서는 많은 비밀이 넘어간 것은 아닌 듯했다.

◈　　◈　　◈

밤 10시 성환은 늦은 시각에 세창의 전화를 받고 정보 사령부 산하 안가로 찾아갔다.

성환이 안가에 도착을 하자 이미 연락을 받은 것인지 그곳을 지키고 있던 군인이 아무런 제지 없이 성환을 통과시켰다.

성환이 도착하기 전 이미 입구에서 성환의 모습을 CCTV로 확인한 사령실에서 연락이 왔기 때문에 위병이 나서서 성환의 신분을 물을 필요가 없었다.

이곳 안가는 사실 일반 군부대처럼 위장을 하고 있었다.

겉으로는 그저 헌병대의 분견대 정도로 작은 규모의 부

대지만 내부는 그렇지 않았다.

많은 예산을 들여 땅속에 대규모 시설을 갖춘 그런 곳이었다.

일반인이나 정보사령부 소속이라고 해도 인가를 받은 이들 외에는 들어올 수 없는 곳이지만 성환 자체가 특급 비밀이기에 이곳도 들어올 수 있었다.

"오늘은 또 무슨 일이기에 전화로 할 이야기가 아니라고 이곳까지 오라고 한 거냐?"

성환은 안으로 들어오자마자 보이는 최세창에게 물었다.

"뭐가 그리 급해서 그러냐, 일단 앉아라."

"그래, 일단 앉기는 하지. 무슨 일이야?"

세창의 권유로 자리에 앉으며 다시 한 번 물었다.

성환이 이렇게 급하게 물어보는 건 솔직히 마음이 조금한 것이 조금 작용한 때문이다.

뭔가 알 수 없는 이유로 자꾸만 마음이 조급해졌다.

삼청프로젝트는 지금 순조롭게 진행이 되고 있는데, 이상하게 불안했다.

아직 그 이유를 몰라 답답해 고민을 하고 있다 세창의 전화를 받고 이곳에 찾아온 것이라 그 마음이 그대로 나온 것이다.

"그리 물으니 일단 단도직입적으로 말하겠다."

세창은 성환의 눈을 직시하며 낮에 이기섭 총장과 이야

기를 나누며 결정한 것을 들려주었다.

"S1을 해체하기로 했다."

갑자기 소식에 성환은 깜짝 놀랐다.

"그게 무슨 소리냐? S1을 해체하겠다니 그게 무슨 소리야?"

너무 놀란 성환은 같은 질문을 반복해서 물었다.

"그게 어떻게 된 것이냐 하면……."

오늘 국방위 청문회에서 있었던 내용을 간략하게 들은 성환은 너무 기가 막혔다.

전에 자신이 미국이 S1에 관해 알고 있는 것 같다고 언급을 했었는데, 그에 대한 대비를 하지 않고 있던 것 같았다.

"전에 내가 이야기하지 않았냐. 미국에서 S1에 대해 어느 정도 알고 있는 것 같으니 조심하라고……."

"아!"

세창은 성환의 이야기를 듣고서 전에 미국에 파견 나갔다 왔을 때의 이야기가 기억이 났다.

그때는 설마 미국이 이렇게 나올지는 몰랐다.

성환이 그들이 가진 특수 장비와 S1을 양성하는 훈련프로그램과 교환한 것이 있으니 그냥 넘어갈 것으로 조금은 안일하게 생각했다.

세창이 이런 판단을 하게 된 것은 사실 미국이 한국군에 지급하기로 한 드래곤스킨이란 이름의 방탄복의 가격이 5억 달러나 한다는 사실을 몰랐기에 그런 생각을 했던 것이다.

"뭐 지금에 와서 어쩌겠냐. 어차피 S1이 가진 성격상 외부에 알려졌다면 애초에 목적한 가치를 가지지 못한단 판단에 총장님께서 해체를 명하셨다."

세창은 자신의 실수를 인정하고 또 S1의 해체는 결정된 사항이라 어쩔 수 없다는 말을 하였다.

"그런데 각하도 아시냐?"

성환은 문득 이런 생각이 들었다.

친미성향이 강한 현 대통령이 S1에 관해 알게 되었는지 그것이 궁금해졌다.

그런 성환의 물음에 세창은 고개를 끄덕였다.

"맞아. 그래서 총장님도 S1의 해체를 결정하기 오히려 편해졌지. 참, 그리고 부대원들은 해체와 함께 네게 보내기로 정해졌다."

"아니, 그게 무슨 소리야!"

성환은 세창이 해체하는 S1부대원들을 자신에게 보낸다는 말에 기가 막혔다.

외부에 알려졌으면 전출 보내는 것으로 꾸며 따로 부대를 만들면 되는 것을 왜 전역을 시켜 자신에게 보낸다는 것인지 이해할 수가 없었다.

"너무 소리치지 마라, 그게 최선이니. 어차피 알려지고 또 그들은…… 네가 그랬잖아, 미완성이라고."

미완성이란 말에 힘을 주어 강조를 하는 세창의 모습에서 성환은 그가 확실하게 S1을 자신에게 떠넘길 생각을 하고 있음을 깨달았다.

"네가 계획한 것이냐?"

"그렇다고 볼 수도 있겠다. 외부에 알려졌으니 그냥 그대로 둘 수는 없지 않냐? 그렇다고 그들을 흩어 방치하다간 무슨 일이 벌어질지 모르는데."

세창은 S1부대가 해체를 하게 되면 그 뒤의 문제에 관해 생각한 것을 성환에게 들려주었다.

성환은 세창의 이야기를 듣고 고개를 끄덕일 수밖에 없었다.

확실히 그의 말이 맞았기 때문이다.

만약 S1부대원들을 통제하지 않는다면 어떤 일이 벌어질지는 빤했다.

더욱이 위협이 되는 그들을 미국에서 그냥 두고 보지는 않을 것이다.

그들을 회유를 하든지, 아니면 제거를 하려고 들 것이 분명했다.

자신이야 아직 계약을 하고 마무리 교육을 위해선 살아 있어야 하기에 아직까지 어떤 수작을 부리지 않고 있지만,

성환도 잘 알고 있다.

군에서 자신을 관찰하는 사람들 외에도 다른 부류의 사람들이 자신을 감시하고 있는 것을 말이다.

더욱이 그들은 고도의 훈련을 받은 사람들이라 그런지 자신의 주위 100m 내로 접근을 하지 않고 있었다.

고가의 장비를 이용해 자신이 가는 곳이면 어디든 따라다니고 있었다.

그나마 다행이라면 성환은 외부 활동을 할 때면 자신의 진면목을 드러내고 움직이는 것이 아니라 오원춘의 얼굴을 빌려 활동을 하는 중이라 그들의 감시를 피할 수 있었다.

"네가 그들을 데리고 있으면서 완성시켜 주기 바란다."

S1부대원들을 자신이 맡게 되면 앞으로의 계획에 관해 생각하고 있을 때, 세창은 자신이 그들을 성환에게 보내는 목적을 말했다.

그리고 그 말을 듣고 나서야 군에서 S1부대를 해체하는 주목적이 바로 이것임을 깨달았다.

세창이 자신을 부른 목적을 알게 되자 성환은 자신도 모르게 피식하고 웃고 말았다.

"홋, 이게 원래 목적이었냐?"

"뭐, 전혀 아니라고 할 수는 없지만, 아무튼 들어줄 거지?"

"알았다. 내 사정 때문에 프로젝트를 완성하지 못하고

중도에 나온 것이 못내 미안했는데, 이렇게라도 할 수 있으니 다행이지. 단 그들을 내가 어떻게 다루던 이젠 일체 간섭을 받지 않을 것이다."

"알았다. 어차피 네게 보낼 때는 그들의 신분이 군인이 아닌 민간인일 테니 네 마음대로 해라."

"좋아, 그럼 아이들은 내가 맡기로 하지."

세창은 성환이 약속을 하자 속으로 크게 안심했다.

사실 자신이 참모총장인 이기섭 총장을 설득해 그들을 성환에게 보내는 것으로 결정을 보긴 했지만, 정작 성환과 이야기가 된 것이 아니기에 조금은 불안했다.

만약 성환이 자신의 부탁을 들어주지 않는다면 뒷감당이 되지 않았기 때문이다.

아까도 말했지만 해체된 S1부대원들을 관리하는 것은 현 대한민국 군에게 너무도 부담이 되기 때문이다.

그동안 그들을 가르치고 통제하던 성환이 예편을 하는 바람에 몇 달 되지 않았지만 부대 안에서 많은 문제가 있었다.

다만 그들이 있는 곳이 국군 정보사령부다보니 외부로 새 나가지 않았을 뿐이지, 정말이지 문제가 좀 심각했다.

그들의 계급은 여느 특수부대원과 같았다.

그런데 그들이 가진 능력은 여타 특수부대원들을 훨씬 뛰어넘기에 문제가 있었다.

성환 대신 교관으로 간 사람들이 그들을 통제하지 못하기 때문이다.

군에 종사하는 훈련 교관 중 그들을 가르칠 만한 군인이 없었다.

교육을 받을 훈련병보다 못한 교관에게서 뭘 배운단 말인가?

전역을 한 성환은 그들은 놔두면 알아서 훈련을 한다고 했지만, 군에서는 그렇게 둘 수는 없었다.

군이 가진 특성상 그건 당연했다.

이 때문에 무리하게 교관을 선정하고 교육을 하려니 능력 차이 때문에 교육은 이루어지지 않고 사사건건 트러블이 생겼다.

그로 인해 명령불복종 사태가 발생했다.

아무튼 이런 일로 성환이 없는 S1프로젝트는 실패나 마찬가지기에 이번 기회에 차라리 그에게 넘기려는 생각에, 세창은 이기섭 총장을 비롯해 S1프로젝트에 관련된 장성들을 설득했다.

이러한 내막을 듣진 않았지만 세창의 모습에서 성환은 어느 정도 일이 복잡하다는 것을 깨닫고 할 일이 많은 세창을 도와주는 차원에서 그의 부탁을 수락한 것이다.

그리고 S1이 자신의 수중에 들어온다면 전에 생각하던 무력적인 측면에 많은 도움이 될 것이 분명했다.

뿐만 아니라 아직 미국에 있는 수진의 안전이 걱정이 되었는데, 이들이 자신에게 온다면 일부 병력을 수진의 호위로 보내면 안심이 될 것이다.

S1부대원들을 자신이 맡기로 결정을 하자 앞으로의 계획이 머릿속을 지나갔다.

수진의 안전이나 지금 진행하고 있는 프로젝트와 연관하는 일 그리고 얼마 뒤에 올 미국의 훈련병의 교육 등 많은 것이 주마등처럼 지나갔다.

6.
저격

타이론 머독 중장은 심기가 무척이나 불편했다.

비록 그가 인종차별주의자는 아니지만 팍스 아메리카나를 신봉하는 자 중 하나였다.

미국에 의한 세계 평화를 주장하는 그는 SOCOM(Special Operation Command: 통합특수전사령부)에서 내려온 전문을 받고 인상을 구겼다.

자신들이 최고라 생각하는 그에게 SOCOM의 지시는 그의 자존심을 상당히 구겨 놓았다.

한국으로 위탁 교육을 받을 교육생을 선발하라는 SOCOM의 전문을 들여다보며 끓어오르는 화를 주체할 수가 없었다.

"젠장! 이게 말이 되는 소리야?!"

머독 중장의 고함 소리에 그의 부관은 아무런 소리도 하지 않고 그의 발광을 지켜보고 있었다.

한참을 발광하던 머독은 고개를 돌려 부관인 에릭슨 중령을 보았다.

들고 있던 전문을 부관에게 넘기며 한마디 했다.

"에릭슨. 자넨, 이게 말이 된다고 생각해?"

자신의 상관의 모습을 지켜보던 에릭슨은 그가 넘겨 주는 전문을 받아 읽어 보았다.

SOCOM에서 내려온 전문의 내용을 읽던 에릭슨은 눈을 반짝였다.

그도 그럴 것이 한국이란 나라의 특수부대가 뛰어나긴 하지만 그렇다고 자국의 특수부대보다 뛰어나다고 생각지 않는다.

에릭슨이 생각하는 자국의 특수전 부대들에 대한 견해는 무척이나 객관적인 판단에서 나온 것이었다.

여느 장성들이나 군인들과 다르게 에릭슨은 무척이나 논리적으로 자국의 군대 그리고 자신이 훈련시키는 부대원들을 평가했다.

아무리 한국이 아직 전쟁이 끝난 국가가 아닌 휴전을 하는 국가이고 최고 수준의 특수전 부대를 보유한 북한과 대치를 하고 있다고 하지만 그들은 훈련을 힘들게 할 뿐이지 실전은 전무한 상태다.

물론 몇몇 부대는 UN이나 자신들의 요청에 의해 비밀리에 파견 나와 실전을 경험하기도 하지만 어디까지나 그건 후방에서의 지원 정도만 경험할 뿐이다.

하지만 자국의 특수전 부대들은 다르다.

미국이 벌이는 전쟁은 지구 곳곳에서 벌어지고 있다.

물론 그 전쟁은 평화를 유지하기 위해 수행하는 값진 희생이다.

그렇기 때문에 자신과 같은 미군은 현장에서 실전을 겪으며 실력을 키웠다.

훈련장에서 실전과 같은 훈련을 하고 현장에서 갈고 닦은 실력을 사용함으로써 훈련과 실전의 차이를 극복하며 지금에 이르렀다.

그러니 당연 자국의 특수전 대원들은 세계 최고일 수밖에 없다.

그런데 지금 들고 있는 SOCOM의 전문에는 그런 자신들이 분단국가인 한국에 파견 나가 배워야 할 것이 있다는 내용이다.

2달 전, 한국에서 파견 나온 교관들에게 배워 온 일부 병사들은 그들의 교육은 별거 아니라 그랬는데, 무엇 때문에 이런 전문이 내려온 것인지 알다가도 모를 일이었다.

더욱이 들려오는 소문에 의하면 자신들이 한국군에게 배

워야 할 교육비로 지불한 것이 자그마치 5억 불을 지불했다는 것이다.

이게 말이나 되는 소리인가?

5억 불이란 돈은 아무리 국방 예산이 풍부한 미국이라도 감당하기 힘든 금액이다.

21세기 들어 각종 장비 개선안이나 전력 증강 계획이 예산 부족으로 거부되거나 도입 수량이 급격하게 줄어드는데, 외국에 무려 5억 달러나 지불하며 배워야 할 것이 무언지 납득이 되지 않았다.

"장군님께선 어떻게 하실 생각이십니까? 정말로 이대로 사령부의 명령대로 따르실 것입니까?"

머독 중장의 질문에 에릭슨 중령은 오히려 다시 물었다.

아무리 쳐다봐도 이치에 맞지 않는 명령이기 때문이다.

에릭슨이 머독 중장처럼 외고집의 미국 중심주의자는 아니지만 그렇다고 자신이 알고 있는 것에 관해 남과 타협할 정도로 자국의 특수전 대원들이 다른 나라의 특수전 요원에 비해 떨어진다 생각지 않기에 이번 SOCOM의 명령은 잘못된 것이라 판단해 이리 물은 것이다.

자신의 부관의 물음에 머독 중장은 한참을 고민했다.

아무리 생각해도 SOCOM의 명령서는 이치에 맞지 않다.

하지만 그렇다고 따르지 않을 수도 없는 문제.

사령부에 있는 사람들도 모두 생각이 있어 그런 판단을 내린 것이고, 또 자신은 명령에 살고 명령에 죽어야 하는 군인이지 않은가.

한참을 고민하던 머독 중장은 인상을 피지 않고 대답을 했다.

"이번 파견 인원에 자네가 포함되어 진실을 알아보고 오기 바란다."

머독 중장은 자신의 부관인 에릭슨 중령에게 명령서에 나온 것처럼 한국에 파견 나가 그곳에서 가르치는 것을 배워 오란 명령을 내렸다.

이처럼 미국에 존재하는 각 특수전 부대들에 SOCOM에서는 교육생을 파견하라는 명령서가 전달되었다.

SOCOM 내부에서도 처음 말이 많았지만 약 2주간 성환에게 배웠던 레인저 부대원들의 능력이 향상된 것에 고무된 SOCOM지휘부는 5억 달러라는 막대한 비용이 들기는 하지만 충분히 배워 올 만하다고 판단하고 내린 명령이다.

◈　　◈　　◈

"오느라고 수고했다."

성환은 강남에 마련된 한 사무실에서 전직 S1부대원들

이 들어오는 것을 보며 말을 하였다.

"충성!"

"충성!"

전 S1부대원들은 자신들의 교관이었던 성환을 1달 만에 다시 보자 경례를 하였다.

성환이나 그들이나 현재 신분은 군대를 전역하고 예비역이었지만 이들의 마음속에는 언제나 군인이란 생각 때문이지, 성환을 보자마자 경례를 한 것이다.

"군인도 아닌데 무슨 경례냐, 그냥 자리에 앉아라."

하지만 이미 사회에 나온 지 1달이나 된 성환은 경례를 하는 그들에게 손사래를 하며 자리에 앉을 것을 권했다.

성환이 쇼파를 가리키자 그들은 자리에 앉았다.

하지만 사무실에 누가 12명이나 되는 대인원이 들어올 것을 예상하고 쇼파를 준비할 것인가?

성환을 빼고 좌우로 3명씩 6명이 자리에 앉자 남은 6명은 각자 자신들의 팀원들 뒤에 섰다.

모든 인원이 성환을 주시하며 그가 어떤 말을 할 것인지 기다리고 있었다.

성환은 전 S1부대원들을 보며 이야기를 시작했다.

"너희가 날 찾아온 것은 이미 내가 어떤 일을 하고 있는지 듣고 왔겠지?"

"예, 최세창 중령에게 모두 들었습니다."

비록 최세창이 자신들 보다 계급이 높은 상관이지만 성환은 그보다 높은 대령이지 않은가?

상관과 대화를 할 때 그보다 낮은 계급의 인물을 지칭할 땐 존칭을 빼는 것이 예의이기에 S1 1팀의 팀장인 고재환 대위가 대답을 했다.

1팀장이면서 S1의 최고 선임이 고재환이라 모두를 대표한 것이다.

고재환의 대답을 들은 성환은 다시 이야기를 이어 갔다.

"지금부터 너희가 할 것은 군인이던 이전에 했던 것과는 전혀 다른 것이다. 때로는 아주 지저분한 일에 동원될 수도 있다. 그래도 날 따르겠나?"

성환은 현재 자신이 조폭들의 뒤에서 그들을 조종하며 서울의 밤을 지배하려는 것에 대해 돌려 말했다.

그런 성환의 말에 이미 최세창으로부터 들었기에 별다른 거부감이 없는 전 S1부대원들은 짧게 대답을 했다.

"예!"

대답을 들은 성환은 앞으로 이들이 해야 할 일들을 들려주었다.

"원래라면 일이 조금 더 진행이 된 다음 했어야 할 일이지만, 너희가 나에게 합류를 함으로써 초기 계획을 변경해 조금 빠르게 갈 것이다. 일단 2팀장인 심재원과 팀원들은 미국으로 건너가 내 조카를 지켜 주기 바란다. 전에 잠깐 언급하긴 했지만, 내 조카가 미국에 유학 중이니 이번 학기를 마칠 때까지 지켜 주기 바란다. 그리고…….”

성환은 심재원과 2팀을 수진의 경호에 투입했다.

전역을 할 때 세창은 분명 김한수 의원이 수진이 있는 오렌지카운티로 사람을 보냈다고 했었다.

다행히 그와 협상을 통해 안전을 확보하긴 했지만 그를 전적으로 믿을 수는 없었다.

수진의 곁에 진성의 동생인 진희가 있다고 하지만 혼자서 모든 것을 커버할 수는 없을 것이 분명하기에 2팀을 보내려는 것이다.

그리고 남은 1팀은 한국에 남아 수련을 하면서 성환을 돕기로 했다.

물론 가을 학기가 시작되면 2팀과 1팀은 역할을 바꿔 1팀이 수진이 있는 미국으로 가고, 경호를 하던 2팀이 한국으로 들어와 1팀이 하던 일을 할 것이란 말을 들었다.

뿐만 아니라 1팀은 곧 미국에서 올 훈련병들을 교육하는 곳에 교관으로 활용될 것이란 이야기도 들었다.

“미군을 가르치는 것입니까?”

“그렇다. 사실 너희들에 관해서…….”

성환은 이들이 전역하게 된 배경에 대해서도 간략하게 설명을 하며, 자신이 미군들을 가르치는 것에 관한 이야기도 자세히 들려주었다.

"아니, 그럼 군 내부에 스파이가 있다는 말씀이십니까?"

"그렇다, 아니 엄밀히 말해서 스파이라기보단 돈에 눈이 먼 매국노가 있을 뿐이다."

성환은 비밀을 팔아먹은 자들이 스파이가 아니라 매국노라 칭했다.

확실히 스파이와 매국노는 달랐다.

스파이는 자신이 속한 조직이나 나라의 이득을 위해 적진에 침투하여 정보를 캐는 자들이다.

그 말은 그들을 파견한 곳에서 보면 그들은 애국자들이다.

하지만 매국노는 달랐다.

자신의 조국에 반하는 행위를 하는 나라를 팔아먹은 아주 인간 이하의 존재들이다.

자신의 이득을 위해 다른 사람이나 조국은 안중에 없는 이들이 바로 S1의 비밀을 미국에 넘긴 이들이다.

전 S1부대원들은 자신들이 조국을 위해 피나는 노력을 하고 있을 때, 그런 자신들을 팔아먹은 이들이 같은 군에 존재했다는 것에 분노했다.

"이제 그런 지저분한 이야기는 그만하고 일단 어찌 되었든 다시 만난 것을 환영한다."

성환은 어두운 이야기는 이쯤에서 끝내고 군에서 고생했을 이들을 환영하는 마음에서 이들을 환영했다.

그리고 어디론가 전화를 걸었다.

"준비는 다 됐나?"

한참을 통화를 하던 성환은 이들을 데리고 나갔다.

◈　　◈　　◈

성환이 이들을 데려간 곳은 한때 자신이 살인을 했던 ACE클럽이었다.

앞으로 자신들이 할 일들을 설명하는 것과 또 이들이 군대에서 고생한 것을 격려하기 위해 자리를 마련한 것이다.

"자리에 앉아라."

성환이 이들을 데리고 도착한 방 안에는 이미 일단의 손님이 자리하고 있었다.

그들은 성환이 문을 열고 들어오자 자리에서 일어나 인사를 했다.

"어서 오십시오."

ACE클럽 특실에 미리 자리하고 있던 사람들은 다름이 아니라 강남을 평정한 최종혁과 김용성이 자리하고 있었다.

그리고 그 옆에는 예전 진원파의 2인자였던 작두가 함께 하고 있었다.

만수파와 진원파가 통합이 되고 20여 일이 지나고 있었다.

이진원이 죽고 진원파의 두목이 되었던 독사는 만수파와 통합이 되자 바로 자신의 뜻대로 모든 것을 털어 내고 은퇴를 하였다.

독사가 은퇴를 할 때 그와 함께 은퇴를 하려던 작두는 성환의 만류로 은퇴를 하지 못하고 남게 되었다.

이는 성환이 합류한 진원파 인원들이 숫자의 우위로 조직 내에 불협화음을 차단하기 위해 그들을 통제할 수단으로 작두를 남긴 것이다.

성환의 능력을 일부를 본 작두라 감히 성환의 결정에 자신의 생각을 고집할 수 없어 어쩔 수 없이 조직에 남게 되었다.

만수파는 자신보다 덩치가 큰 진원파를 통합함으로써 외형적으로 엄청나게 커졌다.

명실상부한 대한민국 최대 조직이 되었다.

그렇지만 아직까지 통합된 지 얼마 되지 않은 관계로 아직도 안 보이는 곳에서 불협화음이 들려오고 있었다.

"인사들 해라."

전 S1부대원들이 방으로 들어와 자리에 앉자 서로 인사를 시켰다.

"이쪽은 앞으로 너희와 함께할 사람들이다. 먼저……."

고재환을 비롯해 순서대로 소개를 했다.

그리고 최진혁을 필두로 김용성과 작두도 자신들을 소개

하며 인사를 했다.

사실 S1부대원들 중 일부는 김용성을 알고 있는 이도 있었다.

대한민국 특수부대원의 숫자가 4만 5천 명이라고 하지만 보기엔 굉장히 많은 것 같지만 알고 보면 그리 많은 숫자도 아니다.

그러다보니 부대 별로 능력이 뛰어난 이들은 알려지게 마련이다.

비록 S1에 미치진 못하지만 한때 김용성도 특전사 내에서 최고라 불리던 이.

물론 김용성이 있던 때와 S1의 대원들이 입대한 시기는 좀 차이가 나긴 해도 명성이 금방 사라지는 것은 아니기 때문에 S1대원 중 일부 대원들은 김용성이 인사를 할 때 그를 예의 주시했다.

하지만 소문만 못한 그의 모습을 보고 많이 실망한 표정을 지었다.

그런데 S1대원이던 이들이 생각지 못한 것이 있었다.

그건 바로 그들이 군에서 비밀리에 엄청난 투자를 해 양성한 존재란 것을 잠시 망각하고, 그저 예전 뛰어났던 선배의 모습을 보고 자신들의 능력과 비교를 했던 것이다.

엄선된 식단을 비롯해 각종 천연 약재를 이용해 성환이 길러 낸 이들이 바로 자신들이란 것을 생각지 않고, 그저 특전사 요원들 중 상급의 실력을 지진 용성을 자신들과 동급으로 놓고 비교를 하는 오류를 범했기에 지금 실망을 한 것이다.

만약 이들이 S1부대원으로 차출되기 전 용성을 만났다면 지금과 같은 표정을 짓진 않았을 것이다.

그런데 지금 이들의 실망한 표정을 본 용성은 또 다른 기분이었다.

자신들의 상급자인 성환이 데려온 이들이라고 하지만 용성이 전혀 들어 보지 못한 이들이다.

비록 느낌상 이들이 자신과 같은 조폭이 아니라 아무래도 군인의 느낌이 많이 나기는 하지만 자신을 면전에 두고 저런 표정을 받아들이긴 자존심이 상했다.

하지만 그들을 소개하는 사람이 성환이라 아무소리 하지 않고 참았을 수밖에 없었다.

'음……'

한편 진혁이나 용성 그리고 작두가 견제를 하려는지 간단하게 자기소개를 하는 모습이나 전 S1대원이던 이들이 똑같이 무뚝뚝하게 자신들 소개하는 것을 보면서도 성환은 아무런 말을 하지 않았다.

어차피 남자들 세계는 동물의 세계와 비슷해서 처음 만나면 서열을 정하기 전까지 기세 싸움을 벌인다.

그리고 그 과정에서 서로 상대의 역량을 깨닫고 서열이

정해지면 그대부터는 조용해지는 것이다.

그렇기에 성환은 처음 만나는 이들끼리 서로 서열을 정하라고 가만히 놔두었다.

억지로 자신이 나서서 서열을 정해 줄 수도 있지만 그건 조직을 운영할 때 결코 좋지 않은 결과를 가져온다는 것을 잘 알기에 두고 보기로 했다.

하지만 시간이 지나도 진전의 기미가 보이지 않자 성환은 이들의 관계에 대해 교통정리가 필요할 것이란 생각이 들었다.

그도 그럴 것이 비록 최진혁이나 김용성이 특전사 출신이라고 하지만 이미 그들은 조폭의 세계에 오랜 시간 머물다 보니 S1부대원들과 많이 달라져 있었다.

물론 원래부터 깡패였던 작두와는 비교하면 비슷한 경향이 조금은 있지만, 그래도 이미 조직에 대한 억압이 몸에 배어 있는 두 사람이기에 처음부터 이들에게 융합하라고 하는 것은 조금 무리이기도 했다.

"여기 이들은 모두 군 특수부대 출신들로 내가 직접 가르치던 제자와 같은 이들이다."

성환이 S1부대원들을 소개할 때 제자와 같은 이라고 말을 하자 두 진영의 표정이 극명하게 갈렸다.

진혁이나 용성 그리고 작두는 혹시나 그들이 자신들의 또 다른 상급자로 오는 것은 아닌가, 하는 생각 때문에 표정이 어두워지고.

반면 전 S1부대원들은 성환이 자신들을 제자라 말을 하자 극명하게 얼굴이 밝아졌다.

이전에는 자신들이 성환을 스승이라 하면 정색을 하며 자신은 군에서 명령 때문에 가르치는 교관이라고 선을 그었었다.

그런데 지금은 자신들을 제자라 자신의 입으로 말을 하자 이들은 가슴속에 무언가 벅차올랐다.

'교관님이 우릴 이렇게까지 생각하고 계셨구나!'

'그럼 그렇지, 교관님은 우릴 제자로 생각하시고 그렇게 그런 고급 기술들을 가르쳐 주셨어.'

전 S1부대원들은 각자 이렇게 성환이 한 말에 대하여 생각을 하였다.

"앞으로 내가 가지 못하는 곳은 이들을 대신 보낼 것이니 서로 협조하여 일을 하기 바란다."

성환은 그렇게 전혀 섞일 것 같지 않은 두 부류의 사내들을 섞어 넣었다.

어차피 자신이 벌이는 일에 꼭 필요한 이들이기에 모두의 기분을 맞춰 줄 필요가 있었다.

한쪽은 자신의 손발이 되어 지저분한 일을 해야 할 사람들이고, 또 한쪽은 자신을 대신해 조카 수진과 또 다른 일들을 해 줄 이들이기에 잘 챙겨야 했다.

"참, 재환이는 김 전무와 김 상무가 준비한 이들을 쓸 만하게 만들어 놓도록."

"예, 알겠습니다."

고재환은 성환의 말에 얼른 대답을 했다.

한편 성환의 말이 있자 김용성이나 작두 김만철은 조직이 통합될 때 성환이 지시했던 일이 생각났다.

'흠, 저들에게 교육을 시키려고 아이들을 빼놓으라고 한 것이었군.'

일주일 전 성환은 만수파와 진원파가 통합이 되고 이들을 한 자리에 불러 이야기 한 적이 있었다.

◈　　◈　　◈

"조직에 많은 이들이 떠나갔다. 그 때문에 주변에서 이 곳을 쉽게 생각하고 오판을 할 수가 있으니 준비를 좀 해야겠다."

성환은 두 개의 조직이 통합되어 더욱 커진 만수파의 조율에 정신없는 최진혁과 김용성 그리고 작두를 불러 이렇게 이야기했다.

확실히 만수파나 진원파는 성환으로 인해 많은 이들이 상하거나 죽어 예전보다 전력이 절반 정도로 줄어들었다.

더군다나 상당수의 간부들이 죽거나 은퇴를 하는 바람에

관리 체계도 손을 봐야만 했다.

그 때문에 만수파는 덩치가 커지긴 했지만 외부로 세력을 과시하지 못하고 내부 단속을 하느라 정신이 없었다.

"최 사장은 조직 개편을 해야 하니 정신을 없을 것이다. 그러니 김 전무와 김 상무가 조직에서 쓸 만한 이들을 추려 준비해 두도록."

성환은 최진혁에게 사장이라 칭하며 그에게는 조직 개편을, 용성이나 작두에게는 각자 자이 맡은 조직원들 속에서 쓸 만한 인재를 찾아 준비하라는 지시를 내렸다.

앞으로의 계획을 위해선 자신만의 무력 조직이 필요함을 느낀 성환은 이렇게 만수파와 전 진원파 내에서 쓸 만한 인재들을 차출해 군에서 S1을 양성했던 것처럼 정예 무력 조직을 만들 계획을 가졌다.

물론 군에서 지원을 받은 것만큼 지원을 받을 수 없기에 S1 같은 조직을 단시간에 만들 수는 없겠지만 그에 근접하는 조직을 만들 수는 있을 것이다.

정 어려우면 백두산에서 얻은 비법 중, 사도에 속하는 비법을 사용할 생각까지 가졌다.

어차피 이들은 그동안 다른 사람들의 인권을 유린하며 그 위에서 여러 가지 권리를 누렸으니 마땅히 받아야 할 죄를 벌충하는 것이리라.

그러니 나중에 후유증이 걱정이 되어 S1에게는 사용하

지 않았던 방법도 자신의 지시를 제재대로 따르지 않아 성과가 미비하다면 과감하게 쓸 계획이다.

성환이 지시를 내리고 밖으로 나가자 사무실에 남은 최진혁과 김용성 그리고 작두는 서로의 얼굴을 쳐다보기만 했다.

그러나 그것도 잠시 회장인 성환의 지시가 있었으니 일단 그 지시를 이행해야만 했다.

"김 전무와 김 상무는 회장님의 지시대로 인원을 차출하시오."

김용성이나 작두보다 나이는 어리지만 자리가 사람을 만든다고 지금 최진혁은 이전의 어리바리한 사람이 아니었다.

한 조직의 수장으로서 카리스마가 묻어나고 있었다.

❖   ❖   ❖

일주일 전 성환의 지시로 뽑아 놓은 이들이 있기에 용성과 작두는 성환의 말이 떨어지기 무섭게 대답을 했다.

"이미 준비되어 있습니다."

두 사람의 대답이 있자 성환의 지시를 받은 재환은 눈을 반짝였다.

고재환은 이들이 조폭이라고 들었는데, 교관인 성환이

어떤 일을 하려고 이들과 어울리는지 자세히 알지는 못한다.

하지만 지금 이들의 태도를 봐서는 얼마 전에 전역을 한 것 같지 않게 성환이 이들을 확실하게 통제하고 있다는 생각이 들었다.

간단하게 서로 통성명을 하고, 또 앞으로 각자 자신들이 해야 할 일들에 대하여 들은 이들에게 남은 것은 이젠 모든 것을 잊고 여가를 즐기는 일뿐이었다.

클럽이란 곳을 처음 찾은 전 S1부대원들이나, 그동안 조직의 통합으로 진통을 겪은 이들이나, 모두 이 순간만은 긴장의 끈을 놓고 순간을 즐겼다.

한편 이들이 주는 술을 받아 마시며 성환은 초점이 없는 시선을 허공에 두고 뭔가를 생각했다.

'S1이 내게 합류를 하면서 계획보다 준비 기간이 또 줄게 되었다. 하지만 성급하게 일을 진행할 필요는 없지. 일단 기반이 되는 만수파를 바로 세우고, 강동의 신호남파나 관악의 조직을 서서히 정리를 한다면 큰 무리 없이 계획대로 일이 진행이 될 것이다.'

지금까지 순조롭게 일이 진행된 것에 대한 자축을 하듯 성환은 얼음이 담긴 술잔을 높이 들어 실내 조명에 비쳐보며 미소를 지었다.

사실 생각해 보면 만수파를 정리하고 또 진원파까지 통

합하는 중간 외부로 새 나가지 않은 것은 진짜로 행운이었다.

아무리 변장을 하고 은밀하게 행동을 했다고 하지만, 사람이 계획한 일에 어떤 변수가 발생할지 모르는 일인데, 그동안 어떤 변수도 없이 계획대로 진행이 되었다.

그 때문에 세창과 계획한 것 보다 1년은 기간을 앞당기게 되었다.

정말로 맨땅에 헤딩을 하는 것처럼 군대에만 있었던 성환이 어떻게 조직 세계에 안정적으로 진입을 할지 걱정이었는데, 그것도 간단하게 해결이 되었다.

너무도 공교롭게도 자신과 악연이 있는 조직에 말이 통할 이들이 있었다.

물론 어느 정도 강압이 있긴 했지만, 그것 또한 그들에게 기회를 주는 것이니 어쩔 수 없는 일이다.

그저 자신의 눈에 띈 것이 그들에게 선택의 여지가 없는 것이다.

뭐 그렇다고 그들이 자신 때문에 희생한다고 생각하지는 않는다.

성환은 불안정한 두목의 자리에 있는 진혁을 위해 그의 정적들을 처리해 주었다.

그리고 확고한 두목의 자리에 앉히고 그것도 모자라 서울의 1/4인 강남을 얹어 주었다.

비록 구역으로 보면 1/4이지만, 경제력으로 환산하면 2/5에 달할 정도로 강남이 차지하는 비중은 엄청났다.

만수파가 전성기 때, 벌어들이던 자금과는 비교도 하지 못할 정도로 어마어마한 금액이 들어오고 있었다.

물론 그 많은 수익 중 상당 부분이 성환에게로 넘어오지만 그렇다고 진혁의 수익이 적은 것이 아니다.

비록 진혁과 자신 사이에 좁히지 못한 간극이 있기는 하지만 그건 앞으로 진혁이 어떻게 하느냐에 따라 달라질 것이다.

사실 성환도 김용성까지는 거두려고 했었다.

하지만 최진혁에 관해선 많은 고민을 했다.

어찌 되었던 자신은 진혁의 아버지를 죽인 원수이지 않은가?

그것 때문에 최진혁을 자신의 품에 앉는 것을 고민했지만, 결론은 그 이유 때문에 인재를 버릴 필요는 없다는 것이었다.

자신은 맨땅에서 시작을 하는 처지이니 찬밥, 더운밥 가릴 처지가 아니었다.

나중에 자신의 뒤통수를 친다면 그때 가서 처리하면 되는 것이니 지금 고민할 필요는 없었다.

그리고 그 판단은 정확하게 맞았다.

최진혁은 현재 자신의 몫을 잘하고 있었다.

그렇다고 뒤로 뭔가 음모를 꾸미고 있는 것 같지는 않았다.

한 공간에 있지만 이들은 술을 마시며 각자 새롭게 합류한 이들을 어떻게 대할 것인지 그리고 성환은 합류한 S1을 활용해 어떻게 일을 진행할 것인지 생각을 하였다.

◈　　◈　　◈

그레고리 바슈토르는 오랜만에 들어온 일거리로 기분이 좋았다.

오랫동안 도피 생활을 하는 관계로 가지고 있던 돈은 모두 떨어졌다.

사실 그레고리는 본국인 러시아에서 마피아들 간의 전쟁에 참여를 했었다.

실제 전쟁을 방불케 하는 그들의 싸움은 총기 난사는 물론이고, 수류탄과 장갑차 그리고 대전차 미사일까지 동원이 되는 대규모 전투.

그런데 그레고리가 이렇게 외국에까지 와서 도피를 하게 된 배경은 별거 없었다.

조직의 명령으로 상대 조직의 보스들을 암살하였다.

모든 것이 전쟁 중 벌어진 일로 아무도 모르게 처리할 수 있었는데, 상대 조직이 중간에 명령을 내려야 하는 간부들이 죽어 나가 제대로 된 명령을 내릴 수가 없었다.

이 때문에 전세가 기울자 그들은 모스크바의 조직에 중재를 요청했다.

상당 부분의 이윤을 넘기는 조건으로 그렇게 그레고리의 조직과 적대 조직은 모스크바의 대 보스의 중재로 전쟁을 종식하게 되었다.

하지만 이때 그레고리의 목숨은 상대 조직으로 넘어가게 되었다.

그도 그럴 것이 그레고리가 그런 처지가 된 것은 아이러니하게도 너무나 뛰어난 암살 실력 때문이었다.

그가 목표한 이들은 절대로 표적에서 벗어나지 못했다.

그 때문에 조직 내부에서도 그레고리를 두려워하는 이들이 생겨났다.

그리고 당연하게도 상대 조직에서는 나중을 위해서 위험한 그레고리를 남겨 두기보단 평화의 증거로 그레고리를 넘겨줄 것을 요구하였다.

물론 이런 요구는 원래라면 받아들여져선 안 될 조건이었지만, 조직 내에 그레고리를 두려워하는 세력이 생기면서 이 어처구니없는 요구는 받아들여지게 되었다.

최고의 스나이퍼로 2차 대전 러시아의 영웅 바실리 자이체프와 같은 영웅이 되길 꿈꾸던 그레고리는 현실에 꿈이 막힌 뒤 마피아의 세계로 스카웃되었다.

조직의 일에 최선을 다했던 그레고리. 하지만 그에게 돌아간 것은 그의 능력에 두려움을 느낀 두목들의 배신이었다.

적에게 넘겨져 죽을지도 모른다는 생각에 러시아를 탈출하기로 결심하고, 감시하는 조직원을 죽이고 탈출을 감행했다.

하지만 러시아가 아무리 넓고 사람이 살지 않는 땅이 많다고 해도 쉽게 마피아의 손길을 벗어날 수는 없었다.

혹독한 겨울 시베리아 벌판을 횡단해 블라디보스토크까지 도망을 쳤다.

그리고 그것도 안심이 되지 않아 한국행 무역선에 밀항을 하였다.

탈출을 할 때 가져온 돈이 얼마 남지 않은 때 들어온 암살 의뢰는, 그레고리의 일반인은 죽이지 않는다는 자존심을 접게 만들었다.

러시아 마피아들은 알려진 것과 다르게 많은 저격수들이 있지만, 절대로 청부 살해 같은 일은 하지 않았다.

솔직히 그것 아니더라도 돈을 벌 수 있는 기회는 무척이나 많았기 때문이다.

러시아 마피아들의 주수입원은 무기 밀매와 마약, 매춘들이 있어 그 수입이 6000억 달러가 넘는다.

그런데 몇 만에서 아주 비싸 봐야 백만 정도 하는 암살 의뢰를 할 필요가 없는 것이다.

사실 암살 의뢰를 하는 것은 러시아 마피아 보다는 체첸이나 그루지아 마피아들이 받지만 모르는 이들은 그들을 뭉뚱그려 러시아 마피아라 불렀다.

아무튼 그레고리는 삶이 막막하던 차에 부산에 암약하는 러시아계 마피아에게 들어온 암살 의뢰를 하게 되었다.

그나마 표적의 전직이 그레고리가 청부를 받는 데 거리낌을 조금 가시게 하였다.

"전직 특수부대 교관이란 말이지? 상대할 만하겠어. 한국의 특수부대라면 그래도 상당한 실력이 있다고 하니, 스페츠나츠와 얼마나 다른지 비교해 보면 되겠지."

그레고리도 러시아 최정예 특수부대인 FSB(러시아 연방 보안국)산하 알파 부대 출신이다.

그러니 자신의 목표가 특수부대 교관이었다는 것에 흥미를 느끼는 것은 당연한 것이었다.

특히나 그레고리의 의욕을 고취시키는 것은 바로 그 의뢰비 또한 만만치 않다는 것이다.

한국에서 그렇게나 고가의 청부가 들어올지는 생각지 못했다.

사실 처음 금액은 10만 달러 정도였다.

하지만 이야기 도중 목표가 특수 훈련을 받은, 아니, 가르치는 특수부대 무술 교관 출신이란 말에 의뢰비를 조정

했다.

그것도 5배나 높은 50만 달러를 불렀는데, 의뢰인은 아무런 이의 없이 그 금액을 받아들였다.

의뢰인으로부터 그 정도 금액까지 아무런 제한 없이 받아들이게 할 정도로 위험한 인물이란 점도 그레고리의 흥미를 자극했다.

그래서 이렇게 그레고리는 타깃의 활동 범위를 관찰하기 위해 부산에서 서울로 올라왔다.

❖　　❖　　❖

성환은 요즘 누군가 자신을 감시하는 시선을 마주 느꼈다.

하지만 자신이 그것을 느끼고 찾으려 하면 곧 사라지곤 했다.

그로 보아 가까운 곳에서 자신을 감시하는 것이 아니라 먼 곳에서 자신을 감시하는 것 같았다.

물론 전에도 이와 비슷한 시선을 받기도 했었다.

그들은 금방 성환에게 들켰는데, 성환이 알아본 바에는 두 부류의 조직에서 자신을 감시하고 있었다.

한 곳은 자신의 조국인 대한민국의 군대.

성환이 전역을 하면서 군과 관계가 없어진 것이 아니라,

새로운 프로젝트의 진행으로 성환과 수시로 연락을 해야 하고, 또 성환의 행보를 알아야 하는 군으로써는 감시 아닌 감시를 할 수밖에 없었다.

더욱이 성환의 동기이자 삼청프로젝트를 기획한 세창은 성환이 얼마나 위험한 존재인지도 잘 알고 있기에 성환의 행보를 주시할 수밖에 없었다.

그리고 그건 사전에 성환에게 알려 왔기에 별로 신경 쓰지 않았다.

정보사령부 소속의 감시자 외 또 다른 자들은 바로 DIA였다.

미국 국방정보국의 요원들이 자신을 감시하고 있던 것이다.

S1을 교육시킨 것이 자신이란 것을 알고 거래를 하여 자신들도 S1이 배운 교육 프로그램을 습득했다.

그런데 미국은 그런 성환이 전역을 하자 성환을 주시하기 시작했다.

혹시나 계약서에는 성환이 나중에 보강 교육을 해 주기로 했는데, 혹시나 어디로 잠적할 것은 아닌지, 아니면 혹시라도 적대 세력에 자신들이 배운 것들을 가지고 협상을 하지는 않을지 감시하기 시작한 것이다.

물론 그들의 생각을 이해는 가지만 기분이 좋은 것은 아니었다.

그런데 지금 그들과 다르게 보다 은밀하게 자신을 주시하는 시선이 있었다.

그동안 자신을 감시하던 이들보다 더 먼 곳에서 자신을 주시하는 시선의 주인공은 성환이 생각하기에 프로였다.

지금 감시하는 거리는 자신의 거리가 아닌, 그자의 거리였다.

이는 성환이 누군가에 배워서 아는 것이 아니라 무술의 경지가 상당지경에 오르면서 가지게 된 본능과도 같은 감각이었다.

마치 누군가 성환에게 소리치는 것 같았다.

'지금 누군가 널 죽이려고 하고 있어, 어서 자리를 벗어나!' 라고 말이다.

그 때문에 성환은 그런 감각이 들 때마다 살짝 자리를 빗겨 몸을 숨긴 다음 본능이 가리키는 방향을 살펴보았다.

하지만 그런 성환의 노력은 결실을 보지 못했다.

어찌 된 것인지 성환이 그런 움직임을 보이면 감시자도 숨어 버렸던 것이다.

그래서 지금까지 성환은 자신을 감시하는 사람의 그림자도 볼 수 없었다.

지금도 아침 운동을 하기 위해 집을 나서는데, 아니나 다를까, 자신을 주시하는 시선이 느껴졌다.

두 곳은 50m쯤 떨어진 집의 2층 창가와 80m정도 떨어진 아파트 옥상이었다.

　전자는 아마도 세창의 부하거나 군 정보사령부에서 파견 나온 자일 것이고, 아파트 옥상에서 느껴지는 감각의 주인 공은 DIA에서 파견 나온 이들의 것이었다.

　그런데 이들과 다르게 아주 먼 곳에서 자신을 주시하는 시선이 느껴졌다.

　'그놈이다.'

　성환은 바로 시선의 주인이 누구인지 깨달았다.

　시선의 주인이 누군지 깨달은 성환은 이번에는 그 시선 을 피하지 않고 살피기 시작했다.

　하지만 본능은 얼른 자리를 피하라고 자꾸만 말을 걸고 있었다.

　이번에는 그저 주시하는 정도가 아니라 뭔가 뒷목을 서 늘하게 하는 또 다른 감각이 느껴졌다.

　자꾸만 자리를 피하려는 본능을 누르고 성환은 주변을 살피다 드디어 뭔가 섬뜩한 느낌을 발하는 감시자의 위치 를 파악했다.

　그리고 그도 이번에는 자신의 위치가 파악되었다는 것을 알면서도 자리를 뜨지 않았다.

◈　　◈　　◈

그레고리는 오늘 타깃을 처리하기로 결정했다.

의뢰를 받고 부산에서 올라와 오 일을 따라다니며 감시를 했다.

자신이 그동안 암살을 했던 이들 중 가장 감각이 예민한 타깃이었다.

어떻게 알았는지 자신이 감시를 할 때면 고개를 돌리는 통에 들킬 뻔한 적이 한두 번이 아니었다.

처음 타깃을 감시한 거리는 200m 떨어진 곳이었다.

그렇게 먼 거리에서 감시를 할 수밖에 없던 이유는 자신 외에도 타깃을 노리는 이가 있었기 때문이다.

아무래도 의뢰인은 의뢰를 자신 혼자에게 한 것이 아닌 것 같았다.

보통 암살자들에게 살인 청부를 할 때는 결코 복수로 의뢰를 하지 않는 것이 불문율이다.

그건 청부업자를 믿지 못하겠다는 말과 다르지 않기 때문이다.

이는 청부업자의 자존심 문제로 비화될 수 있는 일이었다.

하지만 그레고리는 그냥 넘어가기로 했다.

간만에 일이기도 했고, 돈이 너무나 필요했기 때문이기도 했다.

더욱이 타깃은 그의 승부욕을 자극하기도 하고 말이다.

아무튼 200m라는 상당히 먼 저리에서 타깃을 감시하고 있는데, 타깃은 그 먼 거리를 격하고 자신을 발견했다.

그래서 바로 자리를 이탈하고 다음 날 다시 감시를 했다.

이번에는 좀 더 먼 300m 뒤였다.

하지만 그것도 소용이 없었다.

어떻게 된 것인지 그 거리에서도 타깃을 자신이 쳐다보는 것을 알아챘다.

그 뒤로도 몇 번 거리를 벌려 그를 감시했다.

그리고 최종적으로 그를 감시한 거리는 지금 서 있는 800m 측 후방이었다.

그런데 지금 보니 그것도 알아챈 것 같았다.

그의 일상은 시계추와 같이 정확하게 움직였다.

새벽 4시에 기상해서 집에서 나와 산에 오르고, 한 시간여를 운동을 한 다음, 산 밑에 있는 넓은 바위 위에 앉아 명상을 했다.

아마도 동양인들이 수련하는 무술이란 것을 하는 것도 같아 흥미롭긴 했다.

하지만 저격수인 자신에겐 그때가 가장 좋은 기회였다.

바위에 앉아 움직이지 않는 표적은 자신과 같은 프로에게는 거리에 상관없이 죽은 표적이었다.

그렇기에 더 이상 감시할 것도 없이 오늘 처리하기로 마음먹고 자리했다.

그런데 그와 지금 눈이 마주쳤다.

분명 800m라는 먼 거리를 격하고 있었지만, 그레고리는 느낄 수 있었다.

스코프를 통해 그의 눈과 자신의 눈이 마주쳤다는 것을 말이다.

그레고리는 갑자기 두려운 생각이 들었다.

그냥 이대로 있다가는 자신에게 뭔가 큰일이 벌어질 것 같은 예감이 들었다.

오래 전 시베리아 벌판에서 훈련도 중 낙오를 해 무기도 없이 북극곰과 마주쳤을 때의 그 느낌과 아주 비슷한 느낌이 전신을 때렸다.

점점 몸이 굳어 오는 것 같아 그레고리는 입술을 세게 물었다.

순식간에 입안은 짭짤한 짠 내와 비릿한 피 맛이 느껴졌다.

그 때문인지 굳어 가던 감각이 되살아났다.

자신에게 스코프 안 십자 선에 걸려 있는 타깃을 명중시키는 것은 식은 스프를 먹는 것 보다 쉬운 일이다.

그리고 더 이상 망설이다가는 아무것도 하지 못하고 끝장날 것 같아 바로 방아쇠에 걸어 놓은 검지를 당겼다.

푸슝!

한국은 총기 규제가 그 어느 나라보다 심한 나라다.

때문에 그레고리가 가지고 있는 라이플은 소음기가 달려 있어 총알이 발사되었지만 그리 큰소리가 들리지 않았다.

자신이 사용하는 드라구노프의 총알의 속도는 830㎧로 1초에 830m를 날아갔다.

그 말은 현재 타깃과 자신의 거리가 800m인 것을 감안하면 타깃이 맞기까지 1초도 걸리지 않는다.

그렇기에 총을 쏘고 바로 자리를 이탈을 한다는 조격수의 기본 수칙을 위반하며 자신을 긴장하게 만든 이상한 능력의 소유자인 오늘의 타깃이 어떻게 되었는지 확인하고 싶은 생각이 들었다.

그래서 그레고리는 자리에서 일어나면서 스코프로 타깃을 확인했다.

그런데 타깃을 확인하다 그레고리는 그 자리에 굳고 말았다.

7.
인재를 얻다

가슴을 찌르는 강렬한 느낌이 들자 성환은 몸속을 돌던 내공을 더욱 활성화시켰다.

성환이 자신의 심장을 찌르는 듯한 이 느낌이 무언지 너무도 잘 알고 있었다.

사람을 죽이고자 하는 이들이 발산하는 살기였던 것이다.

그런데 살기란 것이 아무나 발산할 수 있는 것이 아니었다.

강도가 사람을 죽일 때 가끔 발산한다고 열려지긴 했지만 그건 그가 인위적으로 발산하지는 못한다.

그저 살인을 하는 순간 기운이 격해져 자신도 모르게 발산하는 것뿐이다.

하지만 지금 자신의 가슴을 찌르는 살기는 정확하게 자

신을 죽이고자 하는 의지가 반영되어 있었다.

그렇기에 몸 전체로 살기가 느껴지는 것이 아니라 정확히 심장이 위치한 가슴 중앙에서 약간 왼쪽으로 쳐진 부분과 일치했다.

그것으로 보아 그동안 자신을 따르던 암살자는 프로 중의 프로란 것을 알 수 있었다.

강렬한 느낌에 시선을 돌려 그와 공간을 격하고 눈이 마주쳤다.

성환은 너무 먼 거리라 그의 얼굴 표정을 확인하진 않았지만, 심장을 찌르던 느낌이 한순간 흔들리는 것을 깨닫고 그도 자신과 눈이 마주친 것을 느꼈다는 것을 알았다.

눈이 마주친 것에 살짝 흔들리긴 했지만 그렇다고 살기가 사라진 것은 아니었다.

그리고 성환이 암살자가 공격할 것을 대비하고 있는 것이 무색하게 한순간 강렬한 살기가 심장을 뚫을 것처럼 찌릿하게 쏘아지더니 뭔가 살기를 타고 날아오는 것이 감각에 들어왔다.

뭔가 자신을 향해 날아온다는 느낌이 들고 성환이 감각을 더욱 확장하자 그의 눈에 날아오는 물체가 정확하게 보였다.

저 멀리서 아침이지만 뭔가 번쩍하는 것이 느껴지고 주변의 소리가 줄어들며 뭔가 바람을 가르며 날아오는 것이 보였다.

총알이었다.

빠르게 날아오던 총알은 정확히 자신의 심장이 있는 곳으로 레일 위를 달리는 기관차처럼 날아오고 있었다.

성환은 날아오는 총알을 보면서도 그리 위협적이라 느껴지지 않았다.

무엇 때문에 그런 생각을 했는지 모르지만, 위협적으로 날아오는 총알이 마치 여름날 귀찮게 하는 날파리 같다는 생각이 들었다.

그런 생각이 들자 성환은 손을 들어 날아오는 것을 잡았다.

덥석.

빠르게 날아오던 총알은 손안에 잡혔다.

순간 성환은 자신이 날아온 총알을 잡았다는 것을 인식했다.

정말이지 성환도 이게 가능할 것이라고는 생각지 못했다.

만화 영화에서나 가능한 일이 지금 자신의 손으로 벌어졌다.

지금도 총알은 성환의 손안에서 회전을 하고 있었다.

하지만 성환의 손은 내공으로 인해 어떤 아픔도, 그렇다고 회전하는 총알의 마찰열에 의한 뜨거움도 느껴지지 않았다.

　너무도 믿기지 않는 일에 성환의 자신의 손바닥을 쳐다
보았다.

　회전 운동을 하고 있는 총알을 들여다보던 성환은 그것
도 잠시 바위에서 벌떡 일어나 급하게 뛰기 시작했다.

◈　　　◈　　　◈

　자신이 쏜 총알을 손으로 막아 내는 것을 확인한 그레고
리는 놀라 도망쳐야 한다는 기본 수칙도 까먹었다.

　"저, 저게 어떻게 된 거야, 저게 가능한 일이야?"

　그레고리는 너무나 믿기지 않는 장면을 목격하다 보니
자신도 모르게 그렇게 중얼거렸다.

　자신에게 질문을 해 보지만 답을 낼 수 없는 문제였다.

　인간이라면 절대로 불가능한 일.

　그런데 자신의 표적은 그런 불가능한 일을 해냈다.

　피한 것도 아니고 날아오는 총알을 손으로 잡은 것이다.

　그런 그레고리의 눈에 다른 것이 포착되고 자신이 지금
무슨 일을 하고 있는지 뒤늦게 깨닫고 들고 있던 드라구노
프를 분해하기 시작했다.

　그런데 너무 놀라운 광경을 목격해서인지, 몇 년을 분해
조립을 했던 드라구노프가 오늘따라 이상하게 잘 분해되지

않았다.

'제길, 이게 왜 이렇게 분해가 안 되는 거냐.'

자신의 표적이었던 성환이 드라구노프에서 쏘아진 총알을 잡은 것은 물론이고, 자신을 향해 뛰어오는 것을 목격한 그레고리는 마음이 급했다.

평소라면 10초면 드라구노프를 분해해 케이스에 담아 현장을 빠져나갔을 것이다.

이곳이 10층 아파트의 옥상이니 뛰어 내려가면 1분이면 현장을 벗어나는 데 충분했다.

전문 육상 선수라도 800m를 뛰어오려면 2분 정도의 시간이 걸린다.

그런데 지금 자신을 향해 뛰어오는 타깃은 그런 육상 선수보다 더 빠르게 다가오고 있었기 때문에 마음이 급해져 더욱 평소보다 총기의 분해가 늦어졌다.

인간으로서 들리지 않을 소리지만 그레고리의 귀에는 성환이 뛰어오는 것이 느껴질 정도였다.

◈　　◈　　◈

성환은 정보사령부나 DIA에서 보낸 감시자의 눈을 피해 최대한 빠르게 자신에게 총을 쏜 저격수에게 뛰었다.

성환이 살고 있는 유일한 고층 건물인 10층 높이의 아파트.

다행이라면 그 아파트는 낡고 오래되 엘리베이터가 느리다는 것이었다.

그리고 성환에게는 800m의 거리는 사실 그리 먼 거리도 아니다.

저격수라면 분명 현장에 흔적을 남기지 않기 위해 탄피를 주워 자신에 대한 추적을 미연에 방지하기 위해 노력을 할 것이다.

그러다 보면 현장을 벗어나기 위해 최소 2—3분을 소비한다.

자신을 저격한 저격수가 특급이라 생각하고 최소 2분을 잡더라도 자신이 현장에 도착해 저격수를 잡는 데 걸리는 시간은 1분이면 충분했다.

뛰기 시작한 지 15초 만에 저격수가 있는 아파트 앞에 도착한 성환은 그레고리가 도피를 위해 꼭대기에 올려놓은 엘리베이터가 움직이지 않는 것을 확인하고 외부의 아파트 베란다 난간을 이용해 올라갔다.

비록 지금 시간이 아침이긴 하지만 조금 이른 시간이라 깨어나 움직이는 사람은 없어 들키지 않았다.

설마 성환이 도착한 줄 모르고 겨우 총기 분해를 마치고 엘리베이터로 내려가려던 때, 성환이 아파트 옥상으로 뛰어들었다.

휙!

뭔가 바람이 날리는 소리에 고개를 돌리던 그레고리는 커다란 검은 그림자가 자신을 덮치는 모습에 기겁했다.

자신을 덮치는 물체가 뭔지 구분을 할 수는 없었지만 이미 드라구노프는 분해되어 총기 케이스에 들어가 있는 상태라 어떤 반격도 할 수가 없었다.

할 수 있는 것이라고는 너무 놀라 눈을 크게 부릅뜨고 있을 뿐이다.

성환은 자신을 저격한 그레고리를 덮치며 뒷목의 혈을 짚었다.

그레고리는 목 뒤가 따끔함과 동시에 몸이 굳어 움직이지 못했다.

'어, 어, 어? 이게 어떻게 된 것이야! 내, 내 몸이……'

자신의 몸이 움직이지 않는다는 것에 깜짝 놀란 그레고리.

그리고 굳어진 그레고리를 쳐다보던 성환은 그의 어깨에서 총기 케이스를 내려놓았다.

그리고 총기 케이스에서 분해된 드라구노프를 꺼내 보았다.

케이스를 열자 코끝으로 스며드는 화약 냄새가 느껴졌다.

얼마 전까지 군인이었던 성환에게 그 내음은 낯설지 않았다.

"흠, 드라구노프군."

자신을 쏜 총이 드라구노프라는 것을 깨달은 성환은 그

레고리를 돌아보며 물었다.

"어디에서 왔나?"

하지만 현재 그레고리는 성환의 질문에 대답할 정신이
없었다.

인간이라고 하기에는 비정상적인 능력을 가진 성환의 모
습에 이미 기가 죽어 정신을 차릴 수가 없었기 때문이다.

사실 어느 누가 10층 높이의 아파트 외벽을 타고 옥상
에 있는 사람을 공격할 생각을 하겠는가?

그레고리도 설마 성환이 아파트 외부에서 자신을 덮칠
것이라고는 상상하지 못했기 그의 눈에 그가 인간으로 보
이지 않았다. 그래서 대답을 하지 못하는 것이다.

물론 그런 이유도 있지만 사실 가장 결정적인 것은 성환
이 영어로 질문을 했기 때문이었다.

한국인들이 가지는 가장 흔한 실수였다.

외국인을 보면 많은 사람들이 그들을 미국인이라 생각하
고 영어로 물어본다.

물론 영어가 많은 외국에서 통용이 되고 있지만, 그렇다
고 모든 나라가 영어를 자국어로 채택하고, 외국인들이 영
어를 익히고 있는 것은 아니었다.

그레고리가 설마 러시아 사람이고 또 영어를 전혀 하지
못한다고는 생각지 못한 성환의 명백한 실수였다.

자신의 입으로 그가 사용한 총이 드라구노프라 했으면

적어도 저격수가 동구권 국가의 사람일 수도 있으니 그쪽
언어로 물어봤어야 했다.

서방세계의 저격수 출신들은 드라구노프를 사용하는 이
가 극히 드물기 때문이다.

물론 드라구노프가 저격용 총으로 나쁘다는 것은 아니
다.

하지만 드라구노프보다 구하기 쉽고 더 정확한 저격총이
많이 있기에 굳이 구하기 힘든 드라구노프를 사용하지 않
을 뿐이었다.

성환도 예전 군에서 드라구노프를 쏴 보기도 했다.

하지만 대한민국 군인이다 보니 드라구노프 보다는
PSG—1이나, 다운 그레이드판인 MSG—90을 사용했
다.

물론 국산 저격총인 K14도 사용해 보긴 했으나 장거리
저격에 별로 좋지 못해 성환은 사용하지 않았다.

아무튼 성환은 자신의 질문에 답을 하지 않는 그레고리
를 보다 금방 자신이 실수했다는 것을 깨달았다.

그리고 다시 한 번 질문을 했다.

이번에는 러시아어로 조금 전 했던 질문을 다시 했다.

"어디에서 왔나?"

그레고리는 갑자기 들리는 모국어에 눈을 크게 떴다.

눈앞의 괴물은 조금 전 영어를 하더니 이번에 모국어를

하고 있었다.

그것도 너무도 자연스러운 발음이라 절대 못 알아들을 수가 없었다.

"러시아!"

그레고리는 자신이 러시아에서 온 것을 간단하게 말을 하였다.

러시아에서 왔다는 말에 성환은 인상을 살짝 찡그렸다.

성환은 설마 암살자가 외국에서 왔을 것이라고는 생각지 못했기 때문이다.

비록 암살자가 외국인이긴 하지만 국내에 활동하고 있는 이들 중 한 명이라 생각하고 물은 것이다.

그런데 지금 암살자는 한국에서 흔히 쓰이는 외국어인 영어도 못 알아듣고 러시아어에만 대답을 하는 것을 보니 자신의 예상이 빗나갔다는 것을 깨달았다.

그러면서 이자에게 살인청부를 한 자가 누구인지 알기 어려워졌다.

국내에 활동 중인 청부업자였다면 그나마 알기 쉬웠을 것인데, 그렇지 않은 것 같아 인상을 구겼다.

그래도 혹시나 하는 생각에 다시 질문을 하였다.

"청부자가 누구인가?"

"난 알지 못한다."

"흠, 고통을 자초하는군."

"나를 고문하다고 해서 내가 모르는 것을 안다고 할 수는 없지 않은가."

"아니, 그럼 알지도 못하는 사람에게 의뢰를 받고 일을 한다는 것인가?"

조금은 허술한 대답에 물었다.

하지만 뒤이어 들려온 청부업자의 말에 성환은 눈을 반짝였다.

"원래라면 난 이런 의뢰를 받지 않았을 것이다. 하지만 오랜 도피 생활로 가진 돈이 모두 떨어져 어쩔 수 없었다."

이미 자포자기를 한 그레고리는 괴물에게서 벗어날 가능성이 없다는 생각에 순순히 자신에 대하여 말했다.

그레고리는 사실 의뢰자와 협상을 한 것도 아니었다.

의뢰인의 대리인으로 나선 이와 협상을 해서 의뢰비를 올려 받은 것이다.

그레고리는 어째서 그가 자신이 말한 돈을 두말없이 지불하려고 했는지 알 것 같았다.

물론 그건 그레고리의 혼자만의 생각이지만, 이것은 소가 뒷걸음질 하다 쥐 잡은 격이었다.

그레고리와 협상을 벌였던 대리인은 원 의뢰인이 자신이 전면에 나오지 않게 비밀 엄수를 조건으로 걸며, 또 일류 청부업자를 원했기에 러시아 특수부대 출신의 히트맨에게 의뢰하는 것으로 더욱 많은 돈을 뜯어내기 위해 그레고리가 청부 비용을 높이자 두말 않고 승낙한 것이다.

아무튼 자세한 내막을 모르지만 성환이 엄청난 존재이기에 이를 시기해 자신에게 의뢰를 넣었다 생각하는 그레고리는 어차피 말하게 될 것 그냥 고통이 없을 때 말하는 것이다.

그가 FSB에 있을 당시 수많은 고문 실험을 목격했다.

그리고 그것을 본 그레고리는 아무리 훈련된 이라 해도 고문에 당할 수 없다는 것을 깨달았다.

현대는 온갖 약물이 존재했다.

그중 고문에도 입을 다문 존재들을 위해 개발된 자백제가 있었는데, 그레고리는 그것의 폐해를 직접 목격했다.

그건 인간에게 투여할 그런 물건이 아니었다.

약물이 몸에 들어간 이는 잠깐의 쾌락과 뒤이은 인간의 것이라고는 믿기지 않을 고통에 찬 신음을 흘리며 사람이 고기덩어리로 되어 가는 것을 목격했다.

그러니 그런 고통을 당하고 비밀을 말하는 것 보다는 그냥 온전한 정신일 때 말하고 고통을 덜 받는 것이 낫다.

그런 생각도 모르고 성환은 너무나 순순히 대답을 하는 그레고리의 모습에 의구심이 들었다.

"어째서 그리 순순히 말하는 거지?"

"내가 뭔가 사실을 숨긴다면 당신은 날 고문할 것이고,

그렇게 되면 난 모든 사실을 말하게 될 텐데, 무엇하러 숨기겠나. 고통받기 전에 그냥 말하는 것이 서로에게 편할 것인데."

너무도 황당하면서도 당연한 말에 성환은 할 말을 잊었다.

그렇다, 고통을 받고 말하는 것 보다는 이게 자신에게나 그에게나 최선의 선택인 것이다.

하지만 그렇다고 그의 말을 전적으로 믿을 수는 없었다.

너무도 위험한 무기를 들고 대한민국을 활보하는 것도 그렇고 아무리 형편이 어렵다고 하지만 사람을 죽이는 것으로 돈을 벌려고 했다는 것이 용서가 되지 않았다.

그래서 그를 죽이기로 결심한 성환은 손을 들어 그의 사혈을 짚으려던 순간 그레고리의 말에 손을 멈췄다.

"잠시 내 부탁을 들어달라!"

성환은 갑자기 청부업자가 말에 멈칫하고 말았다.

너무도 진실이 묻어나는 그 말에 멈추지 않을 수가 없었다.

"그게 뭐지?"

"당신을 죽여 달라는 의뢰를 받고 계약금이 남아 있다. 그것은 서울역 1014번 사물함에 보관되어 있다. 그것을 내 고향에 있는 딸에게 보내 주기 바란다."

자신의 딸에 관한 부탁을 들은 성환은 순간 갈등이 일었다.

그도 그럴 것이 자신에게 남은 가족이라고는 조카 수진뿐이지 않은가?

작년에 누나를 청부업자에게 잃고 얼마나 상심을 했던가?

그런데 지금 비록 자신을 죽이려 했던 청부업자이긴 하지만 그의 말에서 딸에 대한 애절함이 느껴져 순간 갈등이 된 것이다.

누나를 잃고 청부업자들에 대해 얼마나 분노했던가.

그런데 지금 그런 청부업자 중 한 명을 처단하려는데, 그의 사정을 듣게 되니 결단을 내리기가 힘들었다.

자신으로 인해 가족을 잃고 눈물을 흘릴 사람이 있다는 것에 마음이 흔들렸다.

사실 다른 청부업자였다면 이런 갈등을 하지 않았을 것인데, 그레고리라 밝힌 이자는 어쩔 수 없는 상황에서 살기 위해 그리고 고국에 남겨진 가족들을 위해 목돈이 필요했다는 것이다.

잘나가는 특수부대원이던 그가 딸의 불치병 때문에 어쩔 수 없이 군인의 길을 그만두고 마피아들의 청소부 역할을 했다는 말이나, 항쟁을 하던 그들이 휴전을 하면서 자신이 희생양이 되어 도피를 하게 된 사연들을 듣자 갈등은 더욱 커졌다.

그런데 자신과 비슷한 아픔을 가지고 있는 이를 죽여야

한다는 생각에 성환은 마음이 편치 않았다.

그러다 문득 이런 생각이 들었다.

굳이 그를 죽이지 않고 자신이 곁에 두고 쓰는 것은 어떤가, 하는 생각 말이다.

사실 요즘 자신은 삼청프로젝트를 완성하기 위해 인재들을 모으고 있지 않은가?

비록 그가 청부업자라고 하는 것이 마음에 걸리긴 하지만 금제를 걸어 두면 충분히 컨트롤이 가능할 것도 같았다.

성환은 인간이라 생각지 않는 청부업자를 두고 이런 고민을 하게 될 것이라고는 생각지 못했다.

그나마 다행이라면 이자가 죽인 자들은 모두 죽어도 상관없는 마피아들이라는 점이 다행이라면 다행이라는 생각이 들었다.

만약 그레고리가 죽인 자들이 마피아들이 아닌 일반 힘없는 사람들이었다면 아무리 그의 사연이 기구하다고 할지라도 용서하지 않았을 것이다.

'그래, 아직 내겐 사람이 필요하다. 이자를 이용해 그들을 교육시킨다면 보다 더 많은 일을 할 수 있을 것이다.'

성은 애써 그레고리를 죽이지 않고 살리는 것에 이렇게 변명거리를 만들면 자신을 속였다.

사실 성환이 생각하는 조직은 일반적인 조폭 조직이 아

니었다.

그렇다고 그레고리 같은 전문 스나이퍼가 필요한 것도 아니다.

하지만 그를 살리기 위해선 자신에게 그럴싸한 변명거리가 필요했다.

이것은 누구에게 말하기 위해서가 아닌, 누가가 청부업자에게 살해되고 나서 맹세했던 것을 억지로 외면하기 위해 자기 자신을 이해시켜야 했다.

자신을 죽이기 위해 청부를 받은 살인청부업자인 그레고리를 죽이지 않기 위해 이렇게까지 해야 할까, 라는 생각도 들긴 하지만…… 불치병에 걸린 딸을 위해 잘나가던 직장도 버리고 가장 위험하다는 레드 마피아에 들어가 위험한 청소부 역할을 하였다.

그러다 그들에게 버려져 죽을 날을 기다리다 그 자리에서 죽을 수 없어 탈출을 했다.

탈출 과정에서 딸을 데리고 올 수 없어, 타지도 아닌 외국에 밀입국해 도피를 하고 있다고 한다.

그렇게 외국에서 도피를 하다 자금이 떨어져 어쩔 수 없이 천한 일이라 생각했던 일반인을 대상으로 한 청부를 받아들였다는 것이다.

그것도 성환이 특수부대 교관이었다는 점 때문에 조금 망설이다 의뢰를 받아들였다고 할 때, 성환의 마음을 움직였다.

그레고리는 성환이 이런 생각을 하고 있는지도 모르고 죽을 때를 기다렸다.

조금 뒤면 눈앞에 있는 괴물이 자신을 죽일 것이라 확신했다.

아무리 마음이 넓은 자리도, 자신의 생명을 노린 자를 잡았을 때, 절대로 용서하지 않을 것이라 생각하기 때문이다.

그런데 한참을 기다려도 소식이 없다.

특수부대 교관이었으니 분해된 총기를 조립하는 것은 쉬운 일이다.

한국은 총기를 구하기 힘들어 그렇지 전 세계적으로 대한민국 남자들만큼 총기를 잘 다루는 사람이 드물었다.

아니, 자신이 경험한 한국 남자들은 거의 대부분 총을 잘 쐈다.

부산에서 은둔하고 있을 때 만나 봤던 한국 남자들은 술만 먹음 자신이 군대에 있을 때, 어땠다는 자랑들을 많이 했다.

나중에 친하게 된 한국 친구에게 물어본 뒤 어째서 그런 이야기들을 하는지 알게 되었지만 말이다.

아무튼 분단국가인 한국의 남자들은 성인이 되면 의무적으로 군대를 가, 그곳에서 2년을 보낸다고 한다.

그렇기에 그 어느 나라보다 잘 숙련된 군인들이 분포해 있다.

비록 자신이 가지고 있는 드라구노프는 한국군이 쓰는 총과 다르다고 해도 눈앞의 괴물은 특수부대 교관이라 들었으니 아마도 러시아제 무기에도 정통할 것이다.

이는 러시아에서도 미국제 무기나 다른 나라에서 개발한 무기도 자신과 같은 특수부대 출신들은 다룰 줄 알기 때문에 한국도 그러리라 짐작했다.

그리고 그런 그레고리의 생각은 맞았다.

성환이 다루지 못할 무기는 전문적으로 운영하는 전술 무기 정도.

개인 화기나 웬만한 군사 장비는 다룰 줄 알았다.

자신을 죽일 것이라 생각하고 기다리는 그레고리는 시간이 지날수록 살고 싶다는 생각이 조금씩 들었다.

처음 성환에게 잡혔을 때만 해도 자포자기했었는데, 시간이 지나면서 성환이 자신을 죽일 기미가 보이지 않자 자신도 모르게 그런 생각이 든 것이다.

"살고 싶나?"

"……?"

그레고리는 방금 자신이 잘못 들은 줄 알았다.

"왜? 아픈 딸을 두고 그냥 죽겠다는 것인가?"

"아, 아닙니다. 살고 싶습니다."

자신이 잘못 들은 줄 알았다.

그런데 다시 들려왔다. 살고 싶냐고…….

그러자 그레고리는 얼른 그가 말을 번복할까 바로 대답을 했다.

대답을 듣고 성환은 그를 지긋이 내려다보다 말을 이었다.

"내가 널 살려 준다면 넌 내게 어떤 것을 해 줄 수 있나?"

"제가 할 수 있는 일이라고는 군에서 배운 이것뿐입니다. 어떤 것을 해야 하는 것입니까?"

그레고리는 일반적으로 뭐든지 시켜 달라는 말 보다, 진심을 담아 자신이 할 수 있는 일과 그렇지 않은 일을 구분해 대답을 했다.

그러면서 자신이 할 만한 일을 물었다.

그런 그레고리의 말에 성환은 그가 절실하다는 것을 다시 한 번 깨닫고 낮은 목소리로 말을 하였다.

"네가 가진 것을 내가 지정한 사람들에게 가르쳐라."

성환은 이미 결심한 것이 있기에 그레고리에게 말을 하였다.

솔직히 만수파에서 차출할 인원들에게 그레고리의 저격술을 가르칠 필요는 없었다.

하지만 다시 생각해 보니 굳이 가르치지 않을 것도 없었다.

그들을 꼭 스나이퍼로 사용하지 않더라도 이런 것을 배

워 두면 언젠가는 써먹을 수 있다고 생각하기 때문이다.

막말로 수진이 한국으로 돌아왔을 때 전 S1부대원들을 돌아가며 경호를 하게 하기보다는 그들을 이용하는 것이 더 낫다.

닭 잡는 데 굳이 소 잡는 칼을 사용할 필요는 없는 것 아닌가.

지금이야 준비된 인원도 없기 때문에 전 S1, 2팀을 보내는 것이지, 수진이 국내에 있었다면 그들을 전부 보낼 필요도 없었다.

한두 명만 있어도 수진의 안전을 책임질 수 있기 때문이다.

하지만 그들 팀을 보내는 것은 수진이 지금 머물고 있는 곳이 총기 휴대가 자유로운 미국이기 때문이다.

S1들은 대테러 훈련뿐 아니라 요인 경호 훈련도 받았기에 수진을 지키는 데 아무런 지장을 없을 것이기에 그들을 보내는 것이다.

사실 S1의 임무는 사실 특전사나 SEAL이 받는 훈련과 다를 것이 없다.

다만 각국의 특수부대들의 임무가 그렇다 보니 그들을 막는 임무를 가진 부대들도 비슷한 훈련들을 하기 때문에 좀 더 뛰어난 특수부대가 필요하게 되었다.

대한민국 군은 몇 년 전 수행했던 작전에서 대실패를 하고 특단의 조치가 필요함을 느꼈다.

당시 팀장이던 성환만이 살아 돌아왔기에 군은 촘촘한 북한의 군사 목표를 타격할 수 있는 그런 부대가 필요했다.

그동안 창과 방패의 싸움에서 방패의 승리였기에, 대한민국 군에서는 창을 보다 업 그레이드하기를 원했다.

그래서 나온 것이 바로 S1프로젝트. 그리고 그들의 교관으로 성환이 지명되었다.

백두산에서 생환한 성환은 자신이 얻은 기연의 일부를 군에 보고를 했다.

그 이유는 그것을 익히기 위한 시간을 벌기 위해 어쩔 수 없었다.

물론 그것의 효과를 알게 된 군에서는 성환에게 S1프로젝트의 책임자로 임명하였고, 성환은 그것을 기회로 기연의 완성과 함께 S1프로젝트를 진행했다.

물론 S1프로젝트가 본격적으로 진행이 된 것은 성환이 백두산에서 얻은 기연을 어느 정도 수습한 뒤 몇 년이 흐른 뒤였다.

비록 S1부대원들이 성환에게 교육을 받은 것은 해가 넘어가 6년이 되었지만, 그들은 성환의 요청으로 군에서 보급해 준 약제들을 이용해 속성으로 무공을 익혔다.

비록 백두산에 기연을 준비한 옛 선인이 남긴 정도는 아니지만 그래도 현대의 어느 누구도 이런 정도의 지원과 무공을 잘 알고 있는 성환의 가르침은 무시할 것이 못되었다.

TV에 나오는 그런 엉터리 기공이 아닌, 진정으로 내공을 갈무리하고 그것을 사용해 순간적으로 초인적인 힘을 발휘할 수 있는 S1부대원들은 성환에게 교육을 받으며 초인이 되었다.

그러니 이런 초인들이 같은 작전을 펼친다고 한다면 보통 사람들이 이를 감당할 수 없는 것은 당연하다.

그런 이유로 수진을 경호하기 위해 파견되는 2팀을 보내는 것은 어쩌면 과잉 대응일 수도 있지만 자신이 직접 살피지 못하기에 그렇게라도 하는 것이다.

그리고 남은 1팀이 만수파에서 차출된 인원을 교육시키기도 하겠지만, 이들이 할 일은 앞으로 미국에서 올 이들을 가르치는 데도 1팀을 동원할 것이다.

자신이 직접 모든 것을 가르치는 것을 시간 낭비일 뿐이다.

자신은 할 일이 너무도 많다.

그리고 자신뿐 아니라 이번에 자신의 곁으로 합류한 전 S1부대원들도 할 일이 많다.

그러니 그들이 다른 일을 할 때 만수파에서 차출된 인원을 가르칠 교관이 필요한데, 이때 그레고리가 필요한 것이다.

러시아 연방보안국인 FSB의 알파팀에 있던 그레고리이니 S1부대원 보다는 좀 못할지 몰라도, 어쩌면 S1부대원들이 가르치는 것 보다 그들과 눈높이가 비슷해 가르치기 더 편할지도 몰랐다.

여기까지 생각하게 되자 비록 죽도록 싫은 청부업자이지만 살려 두길 잘했다는 생각이 들었다.

이렇게 성환이 자신에 대한 처우에 대한 생각을 깊게 했다는 것도 모르고 그레고리는 눈만 껌벅이며 성환의 말을 기다렸다.

❖   ❖   ❖

그레고리의 몸에 금제를 가하고 집으로 돌아왔다.

비록 오전 수련을 하지 못했지만 이미 하루 일과는 시작이 되었기에 계획에 맞게 움직여야만 했다.

어차피 수련을 하는 것과 안 하는 것의 차이가 없는 경지에 들어갔기에 사실 성환에게 굳이 새벽같이 일어나 산에 오르고 운기를 할 필요는 없었다.

성환의 경지는 생활이 수련이고, 수련이 생활인 경지에 들어 있기에 굳이 이런 수련이 필요 없다.

하지만 이렇게 규칙적으로 새벽같이 일어나 수련을 하는 것은 사실 조금 전 그레고리나 또 다른 자신을 감시하는 이들에게 보여 주기 위해 수련을 하였다.

즉 감시자들을 방심시키기 위해 일부러 일정 시간을 할 애하여 수련을 하는 것이다.

그렇기에 이번에 이렇게 자신을 누군가 죽이려 한다는 것을 알아내지 않았는가?

'누가 날 죽이라 청부를 했는지 조사를 해 봐야겠군······.'

성환이 이렇게 자신을 죽이라 청부한 자를 찾기로 한 것 은 자신에 대한 의뢰가 처음에는 10만 달러라는 의뢰비를 가지고 청부를 했다는 것이다.

물론 10만 달러가 결코 적은 돈은 아니다.

하지만 자신과 같은 사람을 죽이기 위해 청부를 하면서 그 정도 돈만 제시를 했다는 것은 뭔가 있었다.

여기서 성환이 깊게 생각한 것은, 그레고리에게 들은 이 야기로 처음 제시한 의뢰비를 거절하고 40만 달러를 불렀 다고 했었다.

그런데 의뢰인은 단번에 이를 승낙했다고 한다.

10만 달러와 40만 달러는 겨우 30만 달러의 차이가 아니다.

이는 처음부터 의뢰인은 청부금이 그 정도 할 것이란 예 상을 하고 처음 의뢰비를 일부러 낮게 불렀다가 그레고리 가 40만 달러로 금액을 올리자 승낙한 것이란 생각이다.

자신에 대해 알고 있으면서 의뢰를 할 정도로 원한이 있는 자를 생각해 보았다.

몇몇이 머릿속으로 떠올랐다.

하지만 그중 일부는 다시 성환의 뇌리에서 지워졌다.

그것은 그들이 그만한 돈을 지불할 능력이 되지 않기 때문이다.

그리고 또 다시 몇 명이, 용의 선상에 떠올랐다.

하지만 그것도 다시 조금 전처럼 사라졌다.

그 이유는 지금에 와서 자신을 먼저 건들일 여유가 없기 때문이다.

아직도 그들이 원하는 것을 얻지 못했기에 벌써 일을 벌였다고는 생각지 않았다.

명색이 6선 의원이고, 재선 의원이지 않은가?

비록 아들의 일로 흥분해 있기는 하지만 자신의 능력을 알고 있는 김병두가 일을 벌였을 것으론 생각하지 않았다.

그것은 자신의 능력을 알고 있는 것도 있는 것이지만, 그날 성환이 김한수와 김병두 부자를 만났을 때 내린 판단으로는 결코 김병두는 자신의 아버지의 명령을 거역할 위인이 못되었다.

그러니 결코 김병두는 아니었다.

이런저런 생각을 떠올리며 성환은 용의선상에 올라온 이들을 하나둘 지워 갔다.

하지만 아무리 생각해도 범인이라고 생각될 만한 이가

떠오르지 않자 생각을 그만두기로 했다.

'여기까지만 하자, 나머진 출근해서 알아보라고 해야겠다.'

생각을 접고 빠르게 출근 준비를 했다.

◈　　◈　　◈

원래라면 강남에 마련된 사무실에 나갔을 것이지만 성환이 출근한 곳은 만수파의 본부인 샹그릴라 호텔이었다.

3층에 있는 사장실로 간 성환은 사무실에 마련된 쇼파에 가 앉았다.

"어서 오십시오."

"잠시 와서 앉아 봐라. 그리고 참, 김 전무도 불러라."

"알겠습니다."

성환이 진혁은 얼른 인터폰으로 비서에게 용성을 호출했다.

"김용성 전무 좀 오라고 해".

—알겠습니다, 사장님.

"그런데 어인 일로 오셨습니까?"

진혁은 오랜만에 자신을 찾아온 성환에게 그리 물었다.

그동안 성환이 진혁을 만날 때면 항상 강남의 사무실로 자신들을 불렀었는데, 생각지 않게 그가 찾아오자 긴장을 했다.

아무리 성환을 다르기로 했지만 솔직히 아직도 성환이 두렵고 또 대면하기가 껄끄러웠다.

두려운 존재고, 결정적으로 비록 자신이 그리 가까운 사이라고는 할 수 없었지만 그래도 아버지.

그런데 그런 아버지를 죽인 존재가 성환이란 것을 짐작하고 있는데, 대면하는 것이 자연스러울 수는 없는 문제다.

그래서 될 수 있으면 성환과 마주하는 것을 줄였다.

명색이 강남을 지배하는 만수파 두목이니 성환도 최진혁을 함부로 와라 마라 하지 않았기에 요즘은 진혁이 강남에 내려갈 일이 별로 없어 자주 만나지 못했다.

그런데 오늘은 무슨 일이 있는지 성환이 직접 자신을 찾아왔기에 조금 놀란 것이다.

"아, 별거 아니고, 전에 그 누구야."

"누구 말씀입니까?"

"전에 컴퓨터 잘한다고 하던 사람 있잖아."

성환은 급히 말을 하려니 갑자기 찾는 사람의 이름이 생각이 나지 않았다.

"누구 찾는 사람 있으십니까?"

성환이 찾는 사람의 이름이 생각나지 않아 고민을 하자 이때 사장실로 호출된 용성이 들어오며 성환에게 질문을 했다.

용성의 목소리가 들리자 그에게 고개를 돌리다 들려온 말 때문에 성환은 자신이 찾는 자에 관해 설명을 했다.

그러자 용성이 성환이 찾고자 하는 사람이 누구인지 눈치를 채고 대답을 했다.

"아! 토끼라는 놈 말씀하시는 겁니까?"

"토끼?"

"그 화이트 레빗이라는 해커 말씀하시는 것 아닙니까?"

"그래, 맞아."

성환은 용성의 말을 듣고서야 이름이 생각났는지 용성의 말에 맞장구를 쳤다.

화이트 레빗은 바로 해커 이준의 닉네임.

백토끼란 닉네임을 사용하는 이준은 해커들 중에서도 이름이 좀 알려진 존재였다.

그런데 그가 만수파와 알게 된 것은 별거 없었다.

급하게 돈이 필요한 이준이 불법 사채를 사용했는데, 그곳이 바로 만수파 관할의 사업장이었던 것이다.

불법 해킹으로 은행에 블랙리스트에 올라가 있기에 이준은 정상적으로 돈을 대출받을 수가 없었다.

그것은 제 1금융권이나 제 2금융권은 물론이고, 대부업체인 제 3금융권에서는 이준에게 어떤 대출도 해 주지 않았다.

그러했기에 급하게 돈이 필요했던 이준은 만수파에서 운

영하는 불법 사채를 빌렸다.

적법한 허가를 받고 하는 그런 곳이 아니었기에 이자는 상당히 높았다.

하지만 여동생의 병원비를 급히 마련해야 하는데, 그동안 여러 가지 사고를 치는 바람에 돈을 모아 둘 수가 없었다.

학창 시절부터 컴퓨터에 소질을 보이던 이준은 해킹이란 것을 알게 되었다.

그러면서 해킹의 재미에 빠져 그곳에만 몰두하였다.

그러다 보니 해킹에 성공도 또 걸리기도 해서 사이버수사대에 잡혀가 벌금을 내다 보니 수중에 돈이 없었다.

정신을 차리고 어디 직장에라도 들어가려고 하던 찰나 하나뿐인 동생이 교통사고를 당했다.

어려서 아버지가 뺑소니 사고에 돌아가시고, 어머니는 두 남매를 키우기 위해 밤낮으로 시장에서 일을 하셨다.

그 때문인지 집에 남겨진 남매의 정은 어느 집보다 끈끈했다.

그런 동생이 교통사고로 사경을 헤매고 있었다.

그래서 이준은 급한 마음에 앞뒤 재지 않고 불법 사채를 사용했다.

다행히 동생은 수술이 성공을 해 생명을 건질 수 있었다.

하지만 그 사고로 하반신 마비가 되어 휠체어가 있어야 만 외부 활동을 할 수가 있었다.

이제는 동생까지 그런 상태라 이준은 어떻게든 자신이 돈을 벌어야 한다는 생각에 무작정 만수파에 투신했다.

이준이 그런 생각을 할 수밖에 없었던 것은 정상적으로 자신이 직장에 들어갈 수 없다는 것을 너무도 잘 알고 있었다.

어려서 친 사고가 일반적인 사고가 아니라 컴퓨터를 이용한 해킹이었기에 어떤 기업도 자신을 직원으로 채택하지 않을 것이 분명했다.

자신은 그런 생각이 없지만, 사용자는 분명 회사의 비밀이 외부로 빠져나갔을 때 자신을 의심할 것이 분명하기에 처음부터 그런 직장을 구할 생각을 포기했다.

그래서 남은 것이 바로 사채를 빌린 만수파였으리라.

언제가 불법 다운로드 받아 본 영화에 그런 내용이 있었기 때문이다.

외국 영화였는데, 마피아가 뛰어난 해커를 이용해 카지노 기계를 해킹해 돈을 벌어들이는 내용이었다.

이준은 자신의 재주인 해킹을 이용해 만수파 두목인 진혁을 만났다.

진혁이 조폭 두목이긴 하지만 외형적으로 샹그릴라라는 호텔의 사장으로 알려져 있기에 일반인들은 진혁이 조폭인지 모르고 있었다.

그런데 이준은 경찰청 컴퓨터를 해킹해 만수파 조직도를 입수하고, 만수파의 본거지가 샹그릴라 호텔이란 것을 알아내 이곳을 찾았다.

물론 어차피 불법 사채까지 빌린 상태라 이준에게는 이것이 최선의 선택이었다.

조만간 조폭들의 불법 추심이 들어올 것이 뻔한데, 자신은 돈이 없다.

그러니 가족을 지키기 위해선 자신이 뭐라도 해야 했기에 이 방법을 사용한 것이다.

사실 원칙적으로 이준이 조직의 비밀을 알게 되었다면 만수파에서 가만두지 않았을 것이지만, 이준에게 아직 하늘의 보살핌이 있었는지, 이준이 진혁을 무턱대고 찾아온 그날 진혁의 사무실에는 성환이 있었다.

물론 이준의 상황을 전부 들은 것은 아니지만, 전부터 정보를 다룰 사람이 필요하던 성환에게 컴퓨터 해킹 전문가는 감음 끝의 단비와 같은 존재였다.

아무튼 성환은 그런 이준의 이름이 생각이 나지 않아 그렇게 고민을 했는데, 용성이 들어오며 성환의 고민을 듣고 바로 이준을 떠올렸다.

"그래, 이준이도 좀 불러 봐라. 시킬 일이 좀 있다."

"알겠습니다."

용성은 바로 밖에 나가 비서에게 이준을 부르라 전했다.

그리고 조금 뒤 이준이 사무실로 들어왔다.

"부르셨습니까?"

"그래, 잠시 자리에 좀 앉아 봐라."

성환은 이준이 들어오자 그레고리가 넘겨 준 계좌를 그에게 넘겨 주었다.

"이것 좀 조사해 봐라."

"이게 뭡니까?"

"청부업자가 가지고 있던 계좌번호다. 그 돈이 어디서 누구한테 나왔는지 추적해서 가져오면 된다."

성환의 설명에 이준은 난감한 표정을 지었다.

솔직히 계좌번호만으로 추적하는 것은 어느 정도 한계가 있기 때문이다.

더군다나 자신의 실력이 국내에는 조금 알려져 있다고 하지만, 은행을 해킹해 정보를 빼낼 정도로 뛰어나진 않았기에 참으로 난감했다.

그런 이준의 표정을 읽었는지 성환은 그에게 다른 쪽지 하나를 넘겼다.

"이건 혹시라도 문제가 생겼을 때, 나와 직통으로 연락을 할 수 있는 전화번호다."

성환이 이준에게 넘겨 준 것은 세창이 준 전화의 번호였다.

세창이 준 전화는 보안 회선을 이용한 번호라 이렇게 외부인에게 알려 줘선 안 되는 것이지만, 이번 일이 무척이나 중요한 것이기에 예외로 둔 것이다.

사실 성환과 통화할 수 있는 인원은 몇 없었다.

이 자리에 있는 진혁이나 용성, 그리고 전 S1의 팀장인 재환과 2팀장인 재원만이 방금 전 이준이 받은 전화번호를 알고 있을 뿐이었다.

진혁이나 용성은 성환이 만수파를 통제하기 위해 알려 준 것이고, 1팀의 팀장인 고재환에게 번호를 알려 준 것은 그들이 모처에서 만수파에서 차출된 이들을 교육시키고 있는데, 그들의 훈련 상황을 수시로 체크하고 지시를 내려야 하기에 알려 주었다.

그리고 2팀의 팀장 심재원에게 알려 준 것은 그가 자신의 조카인 수진의 경호할 책임자이기에 수시로 수진의 상태를 체크하기 위해 알려 준 것이다.

이렇게 자신의 주변 핵심 인물들에게만 알고 있는 번호를 이준에게 알려 준 것은 그가 자신의 측근이라서가 아니라, 정말로 이번 자신에 대한 청부를 어느 곳에서 했는지에 따라 앞으로 진행할 프로젝트의 방향이 달라지기 때문에 조사를 하는 데 도움을 주기 위해 어쩔 수 없이 알려 준 것이다.

그리고 이 번호의 중요성에 대해서는 말하지 않았다.

괜히 중요한 번호라 알려 준다면 자칫 실수가 나와 오히려 외부에 알려질 수가 있기 때문이다.

성환이 이렇게 이준을 불러다 놓고 지시를 내리는 것을 지켜보던 진혁과 용성은 성환의 주변에 뭔가 일이 있음을 짐작하게 되어 조용히 지켜보았다.

8.
미래를 위한 준비

강남의 작은 사무실, 성환은 자신의 사무실 의자에 앉아 무언가 생각을 하는지 눈을 감고 있었다.

그런데 이런 성환의 생각을 방해하는 소리가 들렸다.

똑똑!

덜컹!

"사장님, 손님 오셨습니다."

비서 겸 경리인 차인경이 노크를 하고 들어와 손님이 왔다는 말을 하였다.

차인경은 원래 샹그릴라 호텔의 직원이었지만, 지금은 성환이 차린 경호 회사에 들어와 일을 하고 있었다.

성환이 경호 회사를 차린 것은 다른 이유가 있어 그런

것이 아니라 삼청프로젝트를 감추기 위해선 외부에 보일 간판이 있어야 했다.

그런데 성환은 십여 년을 군에서만 있었기에 뭔가 다른 기술이 있는 것이 아니었다.

그렇다고 특공무술을 가르치는 도장을 하기도 마땅치 않았다.

막말로 얼마 뒤면 계약을 했던 미군이 올 것이다.

그들을 가르치려면 그들이 납득할 만한 직업을 가지고 있어야만 한다.

아무리 자신이 가르칠 것이 비밀로 해야 할 것이지만, 그들도 한국까지 가서 비싼 대가를 치르고 배우는 것이기 때문에 의회에 보여 줄 뭔가가 있어야만 하였다.

그러니 자신에 대한 관심도 줄이고, 그들에게도 납득할 만한 곳에서 특별한 것을 배운다는 생각을 가지게 해야만 자신이 그들을 가르치는 것이 수월하다.

뿐만 아니라 지금은 잠잠하지만 국내 자신과 척을 진 자들을 대비하기 위해서도 이 경호 회사라는 것은 무척이나 유리했다.

합법적으로 무력 조직을 가질 수 있기 때문이다.

그래서 국내 일부 폭력 조직은 이런 경호 회사를 운영하기도 한다.

성환도 비슷한 취지에서 만수파에서 조직원들을 차출해

그들을 자신이 대표로 있는 경호 회사에 등록시켰다.

그리고 전 S1부대원들도 이제는 이곳 경호 회사 소속으로 군에 있을 때의 계급에 맞게 직급을 주었다.

팀장인 고재환과 심재원은 과장으로 등재를 했고, 그들의 밑에 있던 수하들은 대리로 임명을 하였다.

성환이 이렇게 그들의 직급을 정한 것은 만수파에서 차출한 이들을 이들의 밑에 두고 팀을 새로 꾸리려고 계획하고 있기 때문이다.

이번에 합류할 그레고리는 주임이란 직책을 주고 차출된 이들에게 저격술을 가르칠 것이기 때문에 그들과 똑같은 직책을 줄 수 없기 때문이다.

물론 그레고리도 러시아 특수부대 출신이라 그들보다 능력이 출중하기에 주임이란 직책을 준다고 해도 감히 반발할 이들은 없을 것이다.

아직까지 만수파에서 차출된 이들은 별도의 직책이 없다.

그저 그들은 일반 직원이다.

지금 그들은 모처에서 1팀에 의해 훈련을 받고 있는 중이다.

성환은 그들에게 교육시킬 때, 철저히 깡패로서 그동안 몸에 배인 기질을 떨치게 하라는 지시를 내렸다.

1팀의 팀원들도 자신들이 교육시킬 자들이 깡패란 것을 알고 그들을 철저히 굴릴 것이라 다짐을 했었기에 성환은 차출된 인원들에 대한 걱정은 없었다.

만약 반항을 할라치면 죽지 않을 정도로 패도 괜찮다는 말을 해 두었다.

확실히 만수파에서 차출된, 아니, 정확하게 따지면 전직 진원파 출신들은 만수파에서 차출된 조폭들 보다 더 거칠었다.

아마도 오늘 가 보면 몇몇은 1팀에게 덤비다 맞아 누워 있을 것이란 예상을 하였다.

아무튼 손님이 왔다는 말에 눈을 감고 있던 것을 바로 하고 여직원의 뒤에 들어오는 손님을 확인했다.

성환이 확인한 손님은 바로 그레고리였다.

그레고리는 그제 성환은 습격했다가 오히려 포로가 되었다.

그런데 포로가 되어 죽을 위기에 처했던 그레고리는 성환의 제안을 받아들이고 목숨을 부지할 수 있었다.

성환은 그에게 자신의 밑에서 자신이 지정한 이들에게 자신이 알파팀에서 배웠던 것을 가르치라고 했다.

성환이 무엇 때문에 자신에게 그런 제안을 했는지 알 수는 없었지만, 그레고리는 의문을 접었다.

일단 괴물 같은 성환의 손에서 살아남았다는 것이 중요하기 때문이다.

자신을 죽이려고 했던 자를 살려 준 것도 감사한데, 많은 월급까지 준다고 했다.

불치병에 걸린 딸을 살리기 위해선 많은 돈을 벌어야만 한다.

솔직히 성환이 약속한 돈은 그레고리가 마피아에게서 받던 급여 보다는 좀 적었다.

하지만 그게 어디인가?

죽을 수도 있었는데, 살려 주기까지 하고 직장도 마련해 주었다.

그레고리에게 현재 가장 중요한 것은 자신의 생존도 아닌 딸의 병원비를 구하는 일이었다.

조직에 버림받아 죽을 위기에서 극적으로 탈출을 하는 것까지는 좋았지만, 조직의 눈을 피해 도피를 하는 동안 딸에게 병원비를 송금하질 못했다.

물론 도피를 하기 전 얼마간의 돈을 은행에 예치를 해 두었기에 약간의 여유가 있을 것이지만, 그래도 돈이 많이 필요한 것 또한 사실이다.

솔직히 딸이 얼마나 살 수 있을지 알 수가 없다.

그저 불치병으로 서서히 죽어 가는 것을 돈으로 늦추고 있을 뿐.

병명도 알지 못하는 상태에서 어떻게든 딸을 살리기 위해 노력을 해 보았지만 완치의 빛은 아직 보지 못했다.

그렇지만 포기를 할 수도 없다.

그에게 남은 것은 딸 하나뿐이기 때문이다.

그래서 자신을 살려 준다는 성환의 제안을 받아들였고, 이렇게 찾아왔다.

"보스, 약속대로 왔습니다."

그레고리는 안으로 들어오자마자 성환에게 인사를 했다.

오랜 한국 생활에 그레고리는 한국식으로 머리를 숙이며 인사를 했다.

그런 그레고리의 모습에 성환은 눈을 반짝였다.

"그런 인사는 어디서 배웠나?"

솔직히 현대에는 한국 사람들도 몸을 90도로 숙이는 인사를 하는 것이 드물다.

그리고 요즘 조폭들도 방금 전 그레고리처럼 90도로 숙이지 않는다.

마치 잘 훈련된 샐러리맨처럼 절도 있게 몸을 숙이는 정도이다.

그런데 그레고리는 그런 절도 있는 모습에서 몸을 90도까지 숙이고 있으니 참으로 새롭게 그가 다가온 것이다.

'근본이 막되 먹은 사람은 아니군.'

인사 한 가지만 보고 성환은 이런 생각을 하게 되었다.

비록 그가 살인 청부업을 하긴 했지만 원칙 없이 그저 사람을 죽이는 짐승은 아니란 판단하였다.

사실 사람은 행동 하나, 하나에 그 사람의 성격이 나온다.

자신의 마음까지 속이는 경지에 든 사람이 아니라면 행동이나 말투 하나에 그 모든 것이 묻어난다.

배움이 적고 성격이 거친 자들에게선 절대로 저런 모습이 나오지 않는다.

그런 것을 진즉에 깨달은 성환은 다시 한 번 그레고리를 죽이지 않은 것에 고개를 끄덕였다.

죽이지 않고 살려 두길 잘했다는 생각과 함께, 그가 알파팀에서 배워 온 기술들을 모두 풀어놓는다면 자신에게 많은 도움이 될 것이란 생각이 들었다.

러시아 특수부대인 FSB의 알파팀의 명성은 너무도 잘 알려져 있기 때문에 지금 그들을 가르치고 있는 1팀의 가르침과는 또 다른 효과를 가져올 것이 분명했다.

"왔군!"

그레고리의 모습을 확인한 성환은 간단하게 대답을 하다, 그와 함께 들어온 차인경을 돌아보며 지시를 내렸다.

"난 여기 그레고리와 함께 훈련장에 갈 테니, 차 비서는 점심시간이 되면 퇴근하도록 해."

"알겠습니다."

이제 겨우 오전 10시.

업무를 시작한 지 이제 겨우 1시간이 흘렀는데, 점심 때 퇴근하라는 성환을 보며 차인경은 아무런 질문 없이 간단하게 대답을 했다.

성환이 가끔 외부 볼일을 보기 위해 이런 적이 있었기 때문에 이유를 묻지 않았다.

성환은 들어왔던 그레고리를 데리고 건물 밖으로 나갔다.

성환이 나가는 것을 확인한 차인경은 어디론가 전화를 걸었다.

"방금 러시아인과 함께 나갔습니다."

차인경은 전화를 한 다음 언제 그랬냐는 듯 컴퓨터를 들여다보며 자신의 업무를 보기 시작했다.

◈　　◈　　◈

"러시아인과 함께 나갔다고?"

성환의 곁에 정보원을 심어 놓은 최세창은 정보원으로부터 전화가 걸려 오자 고개를 갸웃거렸다.

일반적인 내용으로는 자신에게 직접 연락을 하지 않았을 것인데, 연락이 왔다.

그런데 그 내용이 심상치 않아 세창을 고민하게 만들었다.

그동안 세창은 성환을 관찰하는 정보원들에게서 성환이 외국인을 만난다는 내용을 들은 적이 없었다.

그런데 지금 성환이 생각지도 않은 외국인과 만나 함께

나갔다는 말이 신경이 쓰였다.

그동안 세창은 성환에 대해 잘 알고 있다고 생각했다.

하지만 방금 전 전해 온 정보 때문에 그런 생각은 저 하늘 멀리 날아가 버렸다.

아무리 함께 프로젝트를 진행한다고 하지만 성환은 민간인의 신분이고, 자신은 군인이다.

철저히 국가를 지키는 일에 계획을 세우고 주변을 살피고, 모든 정황들을 살펴야만 하는 입장에 있는 사람이다.

그렇기에 아무 거리낌 없이 성환을 감시하였다.

그런데 그런 감시가 어디에 허점이 있는지 방금 전 자신이 알지 못하는 자와 함께 나갔다고 한다.

'이 자식들이…… 한눈을 판 건가?'

부하들이 실수를 생각을 해 보았다.

하지만 이것도 말이 되지 않는다.

성환을 감시하는 인원이 적은 것이 아니다.

프로젝트 안에 성환이 차지하는 비중이 너무 크기에 성환 주변에서 일어나는 변수를 최대한 줄이기 위해 많은 인원이 투입되어 있다.

정보사령부는 그 비용을 감당하기 위해 과거 비밀 작전에서 빼돌린 자금을 이용하고 있는 중이다.

삼청프로젝트는 절대로 외부에 알려져선 안 되는 것이기 때문에, 성환을 감시하는 인원이 사용하는 경비까지 따로 지급해야만 했다.

그러다보니 국방부에서 정보사령부로 내려오는 예산은 전혀 건들일 수 없었다.

그래서 정보사령부 내에 극비리에 운용 중인 특별 자금을 사용하는 것이다.

"아, 이 자식은 도대체 어디서 러시아인을 알게 된 거야!"

너무나 답답한 나머지 세창은 자신도 모르게 이렇게 소리를 쳤다.

"무슨 일 있으십니까?"

세창의 고함 소리에 밖에 있던 그의 당번병이 다가와 물었다.

"아무것도 아니다, 나가 봐!"

"알겠습니다."

세창이 조금 성질 내자 당번병은 고개를 숙이고 나갔다.

자신의 당번병이 나가자 세창은 고민하다 말고 뭔가 생각이 난 것인지 어디론가 전화를 걸었다.

❖   ❖   ❖

자신이 그레고리와 나간 일 때문에 세창이 고민에 빠진 지도 모르고 성환은 차를 몰아 인천으로 향했다.

성환이 인천으로 간 것은 그곳에서 배를 타고 1팀과 차출된 만수파 조직원들이 훈련을 하고 있는 섬에 들어가기 위해서다.

성환은 처음 만수파와 진원파를 통합하고 느낀 것이 있었다.

서울의 밤을 장악하고 있는 조직은 성환이 처음 생각한 것 보다 규모가 컸다.

그저 영화에 나오는 그저 그런 조직들이 아니라, 무척이나 체계적이고 짜임새가 있었다.

무턱대고 폭력만 행사하는 조직은 큰 조직이 될 수 없다는 것을 뒤늦게 깨달은 성환은 이번처럼 만수파와 진원파에 했던 것처럼 서울의 암흑가를 수중에 넣으려 한다면 뒤통수를 맞을 수 있다는 것을 깨달았다.

하지만 그러면서도 조폭들을 확실하게 굴복시키는 데는 무력이 큰 작용을 한다는 것도 깨달았다.

막말로 자신에게 무력이 없었다면 최진혁이나 김용성 그리고 작두나 독사가 쉽게 굴복하진 않았을 것이다.

철저한 약육강식의 법칙이 지배하는 조폭의 세계에서 성환은 두뇌가 아닌 엄청난 폭력을 그들에게 보여 주며 공포로써 그들을 굴복시켰다.

그러면서도 모든 일에 자신이 나서게 된다면 굳이 삼청 프로젝트를 위해 서울에 있는 조직들을 정리하는 의미가 없지 않은가.

그래서 성환은 자신의 일을 대신 처리할 수 있는 조직이 필요했고 전역을 한 S1은 좋은 도구가 되었다.

그리고 그에 그치지 않고 성환은 현재 자신의 밑으로 들어온 만수파에서 40명을 차출해 소속을 자신이 설립한 KSS경호 회사로 옮기고 그들을 철저하게 교육을 시켜 활용하기로 작정을 했다.

그래서 그들은 현재 서해에 있는 한 섬에서 1팀과 함께 훈련을 하고 있었다.

1팀은 예전 자신들이 성환에게 배웠던 것을 현재 KSS 경호 회사로 이적한 이들에게 가르치고 있었다.

이것은 성환이 세 가지 효과를 노리고 명령한 것인데, 첫 번째는 말 그대로 새로 들어온 이들을 가르치는 것이 목적이고, 두 번째는 예전에 배운 것을 복습하게 함으로써 끝마치지 못한 S1프로젝트의 완성을 위해 그리 조치한 것이다.

그리고 마지막으로 얼마 뒤에 올 미군들을 가르칠 때, 1팀에서 조교를 차출해 그들을 가르칠 것이기 때문에 미리 숙달시키려는 목적에서 그렇게 명령을 했다.

그리고 훈련장을 이렇게 육지와 먼 섬에 잡게 된 것은 비밀을 지키기 위해서다.

아무리 성환이 경호 회사를 차리고 교육 차원에서 성인

남성들 수십 명을 한곳에 모아 두고 군사 훈련에 버금가는 훈련을 한다면 주변에 알려질 것이 분명했다.

그러다보면 비록 지금은 전역을 했지만 S1의 비밀이 누설될 위험이 있었다.

그래서 찾아본 것이 바로 인천항에서 6시간 들어가면 나오는 섬으로 지도에도 나와 있지 않은 작은 섬이었다.

연평도에서도 서쪽으로 더 들어가기에 사람이 찾지 않는 무인도였다.

그렇기에 성환이 생각하는 아주 최상의 조건을 가진 섬이었다.

다만 식수가 나지 않기 때문에 일주일에 한 번씩 음식과 식수를 보급하기 위해 배가 들어간다는 것이었다.

물론 이것도 그곳에 KSS경호 회사 직원들이 들어가서 훈련을 하기 시작했기 때문에 그리된 것이고, 원래라면 낚시 배도 다니지 않았다.

왜냐하면 원래 이곳에 불법 조업을 하는 중국 어선들이 자주 출몰하는 위험 지역이기 때문이다.

그렇게 버려진 이곳 해역은 불법 중국어선의 남획으로 어족 자원이 대부분 씨가 말라 버렸다.

그래서 그런지 불법 중국어선도 지금에 와서는 이곳 해역을 잘 들어오지 않는다.

하지만 성환이나 KSS경호 회사에 들어온 S1대원들이

나 전직 조폭들이 훈련하기에는 이만큼 적당한 것이 없었다.

다른 사람들의 눈을 피해 훈련을 해야 하기 때문에 인적이 드문 이곳이 최적인 것이다.

섬에 도착한 성환은 훈련장으로 향했다.

훈련장은 배가 접안할 수 있는 유일한 곳에서 한참을 들어가야만 찾을 수 있는 곳에 마련되어 있었다.

솔직히 훈련장은 교관이 된 1팀과 KSS 신입 직원으로 훈련을 받게 된 이들이 직접 만들었다.

한편 그레고리는 성환의 뒤를 따라가면서 주변을 살폈다.

이것은 그가 알파부대에 있으면서 배운 것을 습관처럼 하는 것이었다.

새로운 세계로 갔을 때, 자신의 안전을 위해선 이런 습관이 중요했다.

언제 어느 때, 어떤 일이 벌어질지 모르는 상태에서 자신의 주변을 살피는 것은 기본 중의 기본이었다.

그러니 그레고리는 성환과 계약을 했다고 하지만 그래도 습관은 어쩔 수 없었다.

그런데 섬 안쪽으로 들어가면서 그레고리는 놀라움을 금치 못했다.

처음 배에서 섬을 볼 때만 해도 이곳에 사람이 있을 것이라고는 상상도 하지 못했다.

그랬기 때문에 성환이 자신을 이곳에 무엇 때문에 데려왔는지 이해를 못했는데, 배에서 내려 섬 깊숙이 들어오자 그제야 자신을 데려온 이유를 알게 되었다.

섬 안에는 급조된 것이긴 하지만 넓은 공터가 있고, 그 공간을 둘러 2층으로 쌓인 컨테이너들이 다닥다닥 붙어 있었다.

'이렇게나 많은 이들이 이곳에 모여 있다니!'

입구에서 그레고리가 그렇게 놀라고 있을 때, 일단의 사람들이 성환과 그레고리가 있는 곳으로 달려왔다.

"어서 오십시오."

"수고가 많다."

고재환이 성환을 맞아 훈련장으로 이끌고 그의 부관으로 있다가 KSS경호로 과장의 직급을 가지게 된 규열은 쉬고 있던 이들을 불렀다.

성환이 섬에 왔다는 것은 자신들의 일주일 보급품도 함께 도착했다는 것을 의미하는 것이기 때문이다.

사실 성환이 이 섬을 얻는 과정에서도 많은 일이 있었다.

전 S1팀과 이들이 훈련시킬 전직 조폭들을 훈련시킬 장소가 마땅하지 않아 고민하고 있을 때, 성환은 자신의 동기인 최세창을 떠올렸다.

솔직히 S1팀만 아니라면 강원도 골짜기 아무 곳이나 찾아 들어가 만수파에서 차출한 인원을 단련시키면 되었다.

하지만 S1이 합류하면서 좋은 점도 있지만 이것이 문제였다.

아무리 그들이 군을 나왔다고 하지만 그들의 비밀은 그들이 죽을 때까지 지켜져야 한다.

그래서 어쩔 수 없이 훈련할 공간을 비밀리에 만들어야 했기에 성환으로써는 어쩔 수 없이 최세창에게 연학할 수밖에 없었다.

전역을 하고 될 수 있으면 군과 관계를 갖지 않으려 하지만 이번에는 어쩔 수가 없었다.

그렇게 군의 작전 지도에만 나와 있는 이 섬을 구입하게 되었다.

만수파와 진원파가 통합이 되면서 많은 잠들어 있던 자금이 성환의 수중에 들어왔다.

아무튼 우여곡절 끝에 훈련장이 마련이 되고 일주일에 한 번씩 이곳을 찾아, 식수와 부식을 보급해 주고 훈련 상태를 점검했다.

오늘도 일주일에 한 번 배가 들어가는 날이라 부식을 싣고 오는 날이라 어차피 그레고리를 교관으로 쓰려고 계약을 했으니 겸사겸사 데려왔다.

◆　　◆　　◆

"훈련 상태는 어떠냐?"

"상태들이 엉망이라 아직까지는 기초 체력 단련만 시키고 있습니다."

신입 사원이 된 전직 조폭들의 훈련 상태를 물었다.

성한의 질문에 고재환은 사원들의 훈련 상태에 대해 바로 대답을 했다.

확실히 전직 조폭이었던 그들의 몸 상태는 겉보기와 다르게 그리 좋지 않은 상태였다.

고재환이나 성환이 원하는 정도는 일반인들이 생각하는 정도가 아닌, 초기 S1대원들의 정도였다.

즉, 그 말은 대한민국 특수부대원들 중에서도 톱클래스 정도의 능력을 요구하기 때문이다.

물론 성환의 요구는 그게 최소한의 조건이었다.

이곳에 모인 40명의 인원에게 성환이 요구한 것은 S1 정도의 능력을 원하고 있었다.

하지만 그렇게 되기까지는 앞으로 갈 길이 요원했다.

"조금 더 바짝 조이기 바란다. 곧 있으면 미군에서 몇 명이 이곳으로 올 것이다."

"미군이 무슨 일로?"

"그건 매국노들로 인해 너희의 비밀이 그들에게 알려졌

기 때문에 어쩔 수 없었다. 너희를 살리기 위해선 적당히 그들과 거래를 할 수밖에……. 그러니 준비해 둬라."

"알겠습니다."

재환의 성환의 이야기를 듣고 표정이 굳어졌다.

자신들 때문에 어쩔 수 없이 미군과 계약을 했다는 말에 할 말이 없었다.

그도 그럴 것이 지휘관의 위치에 있던 재환이기에 어느 정도 군이 돌아가는 정보를 알 수 있다.

분명 성환이 전역을 하기 전 미국에 교관으로 다녀온 것을 알고 있었다.

그리고 그때 어떤 일이 있었는지 모르지만 군에 신형 방탄복이 보급이 되었다.

물론 S1에게도 그 방탄복이 지급이 되었지만, 재환이나 다른 대원들은 그것을 활용해 보지 못하고 군을 전역했다.

그런데 그 모든 것이 자신들을 살리기 위해서 했다는 것 때문에 재환은 큰 충격을 받았다.

확실히 자신들의 비밀을 알고 있는 국가라면 결코 자신들을 그냥 두지는 않으려 할 것이기 때문이다.

특히 한국을 둘러싼 미국이나 일본, 중국 같은 나라는 더욱 그럴 것이다.

자신들의 설립 목적이 적진에 침투하여 내부 혼란과 적

지도자들의 암살에 관한 일이기 때문이다.

설령 많은 대테러 부대가 있다고 하지만 기존에 있던 특수부대들은 자신들을 막을 수 없다.

현대의 특수 장비의 운용은 물론이고 고대의 특수한 기공을 배운 자신들의 능력은 일반인들의 범주를 넘어섰다.

그렇다고 S1부대원이 100m를 5초에 달리고 하는 건 아니다.

그들은 군인이고 작전에 투입이 되었을 때, 무거운 장비를 운용하면서도 일반인보다 신속하게 움직일 수 있다는 점이 그들이 일반인의 수준을 넘어섰다는 말이다.

즉 30kg의 군장을 차고 1000m를 2분에 주파를 한다면 그건 일반인이라 볼 수 없지 않은가?

그런데 그런 능력을 전직 S1부대원들은 모두 가지고 있다.

S1프로젝트가 무서운 것은 그런 전 S1부대원들의 능력이 완성된 능력이 아니라는 것이다.

S1은 성환이 가르치고, 육성했다.

자신이 가진 비법을 이용해 특수 약물을 만들어 그들에게 복용을 시키고, 또 고대의 무공을 그들의 임무에 맞게 개량해 가르쳤다.

하지만 성환이 중간에 전역을 함으로써 완성을 보지 못했다.

그것만으로도 특전사 1개 대대가 모의 전투에서 전멸을 했다.

이런 정보까지 다 미국에 넘어간 것은 아니겠지만, 어찌 되었든 S1의 비밀이 외부로 알려졌고, 미국은 자국의 위협이 되는 것을 그냥 좌시하지 않는다.

아무리 대한민국이 미국과 동맹이라고 하지만 절대로 미국은 이것을 놔두지 않고 자신들도 같은 것을 가지거나 아니면 부숴 버릴 것이다.

자신들의 것은 철저히 보호를 하면서 자신들 보다 약자라 생각되는 이들의 것을 뺏는데 아무런 가책을 가지지 않는 미국의 성향을 잘 알고 있는 재환은 그렇기에 성환의 이야기를 듣고 인상을 구길 수밖에 없는 것이었다.

그러면서 전에 성환이 미군에서 오는 이들의 조교를 자신들이 해야 한다고 했던 것이 기억났다.

'확실히 굴려 주지.'

재환이 이런 생각을 하고 있을 때, 그레고리는 그대로 이곳에 대해 놀람을 금치 못하고 있었다.

조금 전 자신을 소개하고 부장이고 과장 그리고 대리란 직함을 설명 받은 이들의 면면을 살펴보며 점점 이곳이 두려워졌다.

물론 자신이 가르쳐야 할 이들은 자신이 러시아에 있을 때 봤던 조직원들과 비슷해 보이긴 했지만 말이다.

◈　　◈　　◈

　5월이긴 하지만 섬의 기온은 조금 싸늘한 편이었다.

　그도 그럴 것이 훈련장이 마련된 곳이 움푹 들어간 분지 지형이라 그런지 해가 지고 나면 빠르게 낮의 온기가 식었다.

　그 때문에 아직 7시인데도 긴팔을 입어야 할 정도로 추웠다.

　하지만 연병장에 모인 사내들은 민소매를 입고 있으면서도 전혀 추운 기운을 못 느끼는 듯했다.

　아니, 그들의 눈은 마치 독이 오른 독사의 눈빛처럼 빛났다.

　"이곳에서 남은 훈련을 마쳤을 때, 그 누구도 너희를 함부로 할 수 있는 사람은 아무도 없을 것이다. 그리고……."

　성환은 훈련을 끝내고 연병장에 모여 있는 이들을 보며 연설을 하고 있었다.

　자신이 추구하고자 하는 일에 관해 간략하게 들려주고 또 이들이 해야 할 일들에 관한 이야기도 해 주었다.

　"이곳에 온 너희는 사람들에게 손가락질 받는 깡패들이었지만, 이곳을 나갔을 때는 사람들의 시선을 180도 바뀌어 있을 것이다. 그건 너희가 조폭이 아닌 KSS경호란 간판을 단 경호 회사의 직원이기 때문이다. 사람들은 이런 간판을 보며 그 사람의 가치를 평가한다."

성환의 연설을 듣고 있는 전직 조폭이었지만 이제는 성환이 설립한 경호 회사로 소속이 바뀐 이들은 자신도 모르게 격정의 감정에 흥분했다.

솔직히 이곳에 모인 이들은 어려서 건달에 관한 환상을 가지고 조직 생활에 뛰어들었다.

선후배의 관계나 아니면 멋지게 살아보겠다는 환상 등 각자 많은 이유가 있었지만, 정작 조폭이 되어서는 그리 행복한 삶을 살지는 못했다.

꿈과 이상의 괴리로 어릴 적 꿈은 사라지고 냉혹한 현실만 남았다.

성인이 되어 이룩한 것은 없고, 남은 것이라고는 범죄자라는 전과뿐이었다.

그나마 서울의 한 지역을 장악하고 있는 거대 조직에 소속되어 있었기에 겉으로는 어깨에 힘 좀 주고 살았다.

하지만 인간적으로 그들을 대우해 주는 사람은 없었다.

타인은 타인대로 자신들을 조폭이라 손가락질을 했고, 가족들은 가족들대로 자신을 창피해 하고 또 두려워했다.

언제 폭력을 행사할지 몰라 막연히 가족인 자신을 멀리했다.

그런데 지금 공포의 존재라 생각했던 회장이 자신들의

앞날에 대해 걱정을 하고, 어긋난 인생의 방향을 다시 바른 길로 돌려놔 주겠다는 말을 하고 있었다.

그리고 지금까지 했던 힘든 훈련들이 모두 자신들이 성인이 되어 사회에 나와 잘못된 버릇을 들인 것을 고치기 위해 행했던 것이란 소리에 눈물이 났다.

하지만 그렇다고 이 자리에서 눈물을 보이는 이는 없었다.

그건 성환이 그리고 이들을 가르쳤던 교관들이 말했기 때문이다.

남자는 쉽게 눈물을 보여선 안 된다고 말이다.

그리고 이제는 경호 회사의 직원이라고 하지만 전직 조폭이었던 이들이기 때문에 남자는 허세라는 생각이 골수에 박힌 사람들이다.

그래서 그런지 억지로 격정을 참는 것이 눈에 보였지만, 결코 눈물은 보이지 않았다.

그저 속으로 삼킬 뿐.

"물론 때로는 하고 싶지 않은 일도 해야 할 때가 있을 것이다. 하지만 날 믿고 따라온다면 다시는 너희가 손가락질 받는 일은 없을 것이다. 그럴 수 있겠나?"

"악!"

성환의 질문에 그들은 모두 악이란 단어를 짧게 대답했다.

마치 해병대나 특수부대 훈련을 받는 대원들처럼 말이다.

물론 이것도 고재환과 다른 교관들이 이들을 가르치면서 그렇게 대답하게 지시를 내렸기 때문이었다.

그런 이들의 대답이 마음에 들었는지 성환은 그동안 이들을 대할 때면 언제나 굳은 표정을 하였는데 지금은 입가에 미소를 지었다.

성환은 그동안 훈련을 받은 이들의 표정에서 이전 조폭이었을 때의 때가 모두 벗겨진 것 같아 기분이 좋았다.

이제야 이들이 자신의 계획에 맞는 이들이 되었기 때문이다.

처음 만수파를 손에 넣으며 했던 계획은 많이 수정이 되었다.

이전에는 그저 기존의 조폭들을 모두 지배해 조폭들을 통제한다는 막연한 생각이었다.

하지만 그 생각은 만수파를 장악하고 진원파를 통합하면서 수정하게 되었다.

결코 그런 방식으로는 자신이 계획한 일을 수행할 수 없다는 생각이 들었기 때문이다.

물론 그렇다고 모든 계획을 수정한 것이 아니라, 이렇게 조직의 일부를 양지로 끌어올리는 한편, 남은 인원은 계획대로 만수파의 인근에 있는 조직부터 서서히 잠식해 들어가기로 하고, 그 일을 진행 중이었다.

예전에 그것의 주체가 성환이었다면, 현재는 암흑가를 장악하는 것은 성환을 대신해 최진혁과 김용성이 하고 있었다.

그리고 이들이 삼 개월여를 섬에서 훈련을 받는 동안 최진혁의 만수파도 진척이 있었다.

그것은 바로 강남의 옆에 붙어 있는 서초와 관악을 모두 장악했다는 것이다.

물론 그곳은 만수파가 운영을 하는 것이 아니라 기존의 조직을 이용해 지배하고 있었다.

서울의 밤을 성환 자신을 정점으로 4개의 지역으로 나눠 관리를 하게 한다는 계획은 그대로 진행이 되는 중이다.

한 조직에 너무 많은 권한을 준다면 자칫 엉뚱한 일을 벌일 수도 있고, 또 잘못하면 공권력의 표적이 될 수도 있기 때문에 만수파가 직접 관리하지 못하게 하였다.

사실 만수파와 진원파가 통합이 되고 내부 문제를 수습하면서 서초와 관악의 조직을 정리한 것은 조금 무리한 감이 있었다.

하지만 성환이 직접 움직인 끝에 만수파가 통합할 때, 뒤에서 수작을 부리던 백곰파를 그냥 둘 수는 없었다.

이는 만수파의 수장인 최진혁의 능력이 없는 것으로 비

취질 수 있기 때문이다.

그래서 성환은 일단 서초와 관악을 무대로 활동하는 백곰파를 일단 정리하였다.

물론 진원파에 수작을 걸었던 송파의 신호남파도 시간이 나면 나중에 정리를 할 계획이지만, 일단 백곰파가 있는 관악과 서초가 먼저였다.

이는 백곰파가 신호남파에 비해 약한 조직이기 때문에 단시간에 장악하는 것이 쉽기 때문이었다.

그리고 신호남파의 뒤에 정치인들이 버티는 것을 알고 있으니 무리하게 그들을 자극할 필요는 없었다.

아직 시간이 조금 더 필요하기 때문에 보다 세력이 약하고 뒷배경이 안전한 쪽을 먼저 손 본 것이다.

아무튼 암흑가의 일은 만수파를 통해 진행이 되고, 이곳에서는 KSS의 현장 요원 양성이 목적이기에 훈련을 중점적으로 하였다.

그리고 소기의 목적을 이룬 지금 본격적인 훈련에 들어가기 전 이들의 정신 무장을 다시 할 필요가 있었다.

이들은 며칠 뒤 미국에서 온 미군들과 함께 훈련을 받을 것이다.

물론 미군들은 자신들이 이들과 함께 훈련받는 것에 불만이 있을 것이 분명하지만, 그건 성환에게 상관이 없었다.

성환은 이들에게 자신들과 함께 훈련받는 이들이 어떤 대가를 치르고 자신들이 배워야 할 것을 배우는지 알려 줄 생각이다.

그러면서 이들에게 자긍심을 심어줌으로써 잊었던 꿈을 꾸게 만들 계획이다.

자신이 삼청프로젝트의 일환으로 조폭들을 지배하려는 것이 사리사욕을 위해 행하는 것이 아니란 것을 알았을 때, 이들은 더욱 자신을 따르리란 것이라 생각하기 때문이다.

"기초 훈련이 끝난 것을 축하하며 모레까지 휴식을 한다."

"와!"

성환이 말과 함께 이 일간 훈련이 없다는 선언을 하자 조금 전까지 칼같이 벼려져 있던 사내들은 일제히 환호성을 질렀다.

사실 성환의 말에 감동을 받은 것은 받은 것, 솔직히 훈련을 받으며 너무도 힘들었다.

자신들이 받은 것이 기초 훈련이라는 소리에 속으로 낙담을 했다.

지금까지 자신들이 했던 훈련이 기초면 앞으로 더 받아야 할 본 훈련은 얼마나 힘들 것인지 생각만 해도 위장이 뒤집히는 거 같았다.

그런데 뒤 이어 들린 휴식이란 소리에 모두 환호성을 지른 것이다.

아니 그렇겠는가? 솔직히 삼 개월간 휴식 없이 계속해서 달려왔다.

일요일에도 아니 서해의 고도에 고립되어 훈련만 하는 동안 이들은 요일 개념이 사라졌다.

겨울이 끝나지 않은 2월에 차출되어 이곳에 들어왔다.

처음 섬에 들어와 훈련을 할 때는 만수파와 진원파 출신들로 나뉘어 서로를 견제했다.

그러던 것이 1주일이 지나고, 또 2주가 지나고 시간이 흐를수록 그런 편 나누기는 사라졌다.

그도 그럴 것이 고된 훈련으로 상대를 신경 쓸 겨를이 없었다.

그리고 훈련이 어느 정도 몸에 익숙해지자 이제는 같이 고생한 이들끼리 만수파고 진원파고 어디 출신인지 이들에게는 상관이 없어졌다.

그저 같은 회사 소속이라는 것만 남은 것이다.

모든 훈련이 끝나면 만수파로 돌아가는 것이 아닌 KSS 경호라는 경호 업체에 들어간다는 것을 들었기 때문에 그런 것이 무의미해졌다.

3개월이 흐른 지금 하나가 된 이들은 어려운 관문 하나를 통과한 것과 다름없는 지금 보상으로 2일의 휴식이 주어졌기에 기뻤다.

기뻐하는 이들을 보며 성환은 마지막 당부를 했다.

"2일만 육지로 나갈 것인데, 절대로 사고치지 마라! 지금 너희는 예전과 전혀 달라져 있다. 지금이라면 특전사 대원이라도 일대일로 너희를 능가할 수는 없을 것이니 조심해라! 마지막으로 당부하지만, 함부로 주먹을 쓴다면 그땐 용서하지 않을 것이다."

성환은 마지막으로 이들에게 경고를 했다.

그럴 수밖에 없는 것이 기초라고 하지만 이들이 배운 것은 평범한 것이 아니다.

그리고 3개월간 이들이 훈련을 받으며 먹은 것들도 평범한 것이 아니었다.

군에서 S1프로젝트를 진행할 때, 사용했던 약재를 그대로 사용을 했다.

다만 그때와 다른 점이 있다면, S1은 군대가 지원을 해 소수의 대원을 양성했다면, 지금은 성환이 삼청프로젝트의 일환으로 군에서 받은 자금과 만수파가 주변을 장악하면서 벌어들인 자금을 가지고 이들을 양성했다는 것이 다른 점이었다.

한마디로 지원되는 자금과 규모가 달라 이들의 능력이 S1이 훈련을 받았을 때보다 떨어진다는 것이다.

지원금은 적고, 인원은 늘었기에 약재들도 그대로 사용

하지 못하고, 많은 인원이 복용해야 하기에 희석을 했다.

하지만 그것만으로도 이들은 몰라보게 달라졌다.

전문 전투 요원인 대한민국 특전사 대원들이 수년간 갈고닦은 실력을 단시간에 습득을 하게 만들었기 때문이다.

만약 시간이 더 주어지고 약의 복용이 장기화되었을 때, 아마도 이들은 자신들을 가르치는 교관들만큼이나 강해질 것이 분명했다.

그러니 성환은 이들에게 경고를 할 수밖에 없었다.

아직 이들은 완성된 존재들이 아닌 풋사과와 같은 존재들이었다.

익지 않았기에 어설프고 그러다 보면 강력해진 힘을 통제하지 못할 수도 있다.

그러면 큰 사고가 나는 것이다.

사실 사고는 어설프기에 나는 것이다.

숙달된 사람은 절대로 사고를 내지 않는다.

자신을 통제하고 상황을 통제할 능력이 있기 때문이다.

그러한 점을 상기시킨 성환은 연설이 끝나고, 타고 온 배에 이들을 태웠다.

물론 한 번에 모두 승선을 할 수는 없었다.

그래서 섬 주변에 대기하고 있는 다른 배도 순차적으로 섬에 마련된 임시 접안 시설에 정박을 해 이들을 태웠다.

◆　　◆　　◆

　지금 오산에 있는 미군 비행장에는 특별 화물이 실려 왔다.

　이 화물은 그냥 일반 화물이 아닌 사람들이었다.

　그리고 이들은 미국이 자랑하는 특수부대원들이다.

　미국에는 많은 특수부대가 있다.

　육군에는 그 유명한 델타포스와 그린베레 그리고 75레인저 연대가 있고 해군에는 네이비씰이 해병대에는 포스리콘 등이 있다.

　그리고 오늘 특별 화물로 오산에 도착한 이들은 이중에서도 가리고 가린 특별한 이들이었다.

　우우웅!

　C—130 허큘리스의 엔진 프로펠러가 돌아가며 요란한 소음을 내고 있는 중 수송기에서 내리는 이들의 표정은 하나같이 굳어 있었는데, 그건 이들의 심기가 불편하다는 것을 전적으로 나타내고 있었다.

　이들 중에는 임무를 끝내고 휴가를 즐기던 중 급하게 내려진 명령으로 휴가가 취소되어 온 사람도 있고, 또 누구는 훈련 중 훈련이 중단되어 한국에 파견 온 자들도 있었다.

　인상이 좋지 않은 이들 중 유독 눈에 뛰는 이가 있었는데, 그 사람은 바로 델타포스의 팀장인 에릭슨 중령이었다.

"이곳인가?"

에릭슨 중령의 뒤로 그의 팀원들이 따르고 있었지만 그들은 아무런 말이 없었다.

그저 출발 전부터 기분이 좋지 않은 자신의 상관의 심기를 건들이지 않기 위해 조용히 그의 뒤만 따랐다.

그런데 그런 델타포스 팀원들과 비슷한 분위기를 풍기고 있는 곳이 있었는데, 그들은 바로 미 해병대 소속의 특수부대인 포스리콘이었다.

미국의 해병대는 전 세계를 무대로 미국의 힘을 나타내는 부대.

미국이 수행하는 모든 전쟁에 최우선으로 투입이 되고 있으며, 전 세계를 무대로 활동을 하고 있다.

그런데 이런 해병대의 안전을 위해 가장 먼저 투입이 되는 부대가 있는데, 이들이 바로 포스리콘이다.

언제나 전장의 최전방에서 전투를 한다는 생각에 이들은 최고의 자부심을 가진 부대다.

그런데 전장 최전방에 침투해 적의 정보를 빼내야 할 이들은 갑자기 사령부에서 내려온 전문 때문에 전장과 상관이 없는 한국으로 오게 되었다.

이 때문에 포스리콘을 지휘하는 더글라스 대령도 그리 기분이 좋지는 않았다.

전장에 두고 온 해병대 전우들에 대한 걱정 때문이었다.

이렇게 수송기에서 내린 미군소속 특수부대원들은 하나같이 표정들이 어두웠다.

이는 SOCOM의 명령이 부당하다고 느꼈기 때문이다.

하지만 이들은 군인이기에 사령부의 명령에 복종할 수밖에 없었다.

◈   ◈   ◈

종로 3가 세진빌딩 F층의 한 사무실에 두 명의 사내들이 이야기를 나누고 있었다.

그중 40대 초반으로 보이는 남성은 블라인드가 내려온 창을 통해 밖을 쳐다보며 말을 하였다.

"그들이 무엇 때문에 한국에 들어왔다고 하던가?"

"자세한 것은 모르겠고, 전해 온 내용으로는 한국의 특수부대와 함께 합동 훈련을 한다고 합니다."

"합동 훈련?"

"명목이야 그렇지만 아무래도 작년 갑자기 군에서 5억 달러의 특별 예산을 집행한 적이 있지 않습니까? 아마도 그것 같습니다."

작년 펜타곤에서 의회에 특별 예산 집행을 신청했었다.

물론 처음 의회에서는 펜타곤의 요청을 거절했지만 어찌된 이유에서인지 갑자기 예산 집행이 이루어졌다.

사실 펜타곤의 요청은 CIA의 로비로 불발이 되었어야
만 했는데, 어찌된 일인지 승인이 나 버렸다.

솔직히 미국의 모든 정부 부처들이 예산이 쪼들리고 있
었다.

특히나 펜타곤과 CIA같은 특수부서들은 더욱 그러했
다.

펜타곤이야 미국의 무력을 상징하는 곳이니 그나마 많
은 예산이 합법적으로 집행이 되는 곳이고, CIA는 합법
적인 정부 부서이긴 하지만 하는 일이 세계 각국의 정보를
취급하는 곳이다 보니 정상적인 예산 집행이 어려운 곳이
다.

그러니 이들은 세계 곳곳에서 비밀 작전을 하면서 불법
적으로 자금을 운영하고, 또 정부예산을 타 내기 위해 실
적을 꾸미기도 하였다.

즉 CIA는 보다 많은 예산을 타 내기 위해 자국 내에서
도 많은 불법적 활동을 자행했다.

그리고 펜타곤이 성환과 계약한 방탄복을 공급하기 위해
필요한 특별 예산을 의회에 요청했을 때, 방해한 것도 이
때문이다.

자신들의 작전자금을 더 타 내기 위해 약점을 잡고 있는
예산 위원들을 협박해 예산 승인을 거부하게 만들었는데,
워싱턴 1번지에서 승인을 하였다.

백악관에서 승인이 난 사항이기에 CIA로서도 어쩔 도리가 없었다.

그 때문인지 CIA본부에서는 펜타곤의 움직임을 예의 주시하였고, 그러다 펜타곤이 특별예산을 신청한 이유를 알게 되었다.

아직 CIA에도 예산 부족으로 지급이 되지 않고 있는 특수 방탄복을 구입하려는 예산이라는 것이다.

그런데 그것 만이라면 이미 2년 뒤에 보급을 하는 것으로 계획이 변경된 사항인데, 펜타곤이 특별예산으로 신청할 이유가 없었다.

너무도 이상한 펜타곤의 행동에 조금 더 알아본 결과 특수 방탄복 즉 드래곤 스킨을 신청한 곳이 펜타곤의 직할인 SOCOM이라는 것을 알게 되었다.

SOCOM이라면 당연 신청을 할 수 있었다.

하지만 CIA에서는 자신들이 모르는 뭔가가 군 내부에서 진행되고 있다는 느낌을 받았다.

확실한 정보가 있는 것은 아니지만 국내는 물론이고 세계의 어떤 것도 자신들의 감시 하에 있어야 한다는 생각에 CIA는 특별 팀을 가동해 펜타곤 아니 SOCOM을 감시하기에 이르렀다.

그런 일련의 과정 속에 드디어 이상한 기류의 한 자락을 잡았다.

SOCOM산하에 있는 특수부대에서 일본으로 모여드는 것을 알고 이를 이상하게 생각했다.

그런데 일본에 있는 극동아시아 정보부를 이용해 알아본 결과 그들은 일본이 목적지가 아닌 기착지였던 것이다.

그들의 최종 목적지는 별 볼 일 없는 영원한 조국의 호구인 한국이었다.

한국에 무엇이 있기에 세계 최고라 평가되는 자국의 특수부대들이 모여드는 것인지 알아보기 시작했다.

그래서 알아낸 것이 올 초에 해체된 한국의 특수부대가 포착이 되었다.

한국의 특수부대 하나를 해체하는 문제로 자신들도 작전에 투입이 되었기 때문에 그 부대에 관해 어느 정도 정보를 가지고 있었다.

한국이 극비리에 추진하던 그 특수부대는 완성 직전 무슨 이유에서인지 돌연 중단이 되었다.

이는 자신들이 나서기 전에 그리되었다는 것을 알게 되어 보다 자세히 조사를 해 보았다.

하지만 위험을 무릅쓰고 비선(秘線)조직을 이용해 알아낸 정보라고는 극비 프로젝트에 참가했던 핵심 인물이 빠져 프로젝트가 중단이 되었다는 정보만 알아냈을 뿐이다.

별 소득도 없이 어렵게 키운 비선 조직만 노출이 되는 결과를 나았지만, 아무튼 그것과 관련이 있다는 것을 지금에야 알게 된 것은 생각지 못한 큰 소득이었다.

당시에는 별것 아니라 생각했는데, 펜타곤까지 나서서 5억 달러를 쓰며 한국의 해체된 특수부대와 관련된 뭔가를 가져가려는 것 같다는 생각에 입가에 절로 미소가 지어졌다.

"자네가 생각하기에 그들이 왜 한국에 왔다고 생각하나?"

CIA 한국 담당관인 카론 제임스는 자신의 직속부하인 롭 헌터에게 물었다.

상관의 질문에 조금 전까지 보고를 하던 롭은 잠시 보고를 중단하고 질문에 대한 생각을 했다.

그리고 자신이 그동안 한국에서 수집한 정보와 미 특수부대들이 한국에 들어온 이유를 취합하였다.

질문을 한 카론이나 그의 질문에 답을 하려는 롭이나 각자 자신만의 생각에 잠겨 있어 사무실은 갑자기 쥐죽은 듯 조용해졌다.

한참을 생각하던 롭은 자신의 생각을 말했다.

"아무래도 얼마 전 해체된 한국의 특수부대와 관련이 있는 것 같습니다."

"그렇게 생각한 이유는?"

"작년 말 펜타곤에서 요청한 긴급 예산이 집행이 되었는데, 그 금액이 무려 5억 달러나 하였습니다. 그 때문에 한때 워싱턴이 무척 시끄럽지 않았습니까?"

칼론은 롭의 이야기를 들으며 작년 말 CIA국장으로부터 들은 명령이 생각이 났다.

"한국 양성 중인 특수부대에 관해 모든 자료를 수집하라!'

짧은 전문이었지만 앞에 찍힌 암호문은 그 명령이 현재 수행하고 있는 활동을 중단하고 최우선으로 수행하게 만들었다.

하지만 그 명령은 제대로 수행할 수가 없었다.

그건 한국군 내부에 침투시키거나 포섭한 비선들이 모두 들어나 체포가 되었기 때문이다.

마치 준비라도 한 것처럼 한국군은 수면으로 오른 비선들을 잡아들였다.

이 때문에 수십 년간 CIA가 구성한 한국군 내 비선 조직은 전멸하고 말았다.

한동안 다시 그런 조직을 구성하려면 많은 시간과 돈이 들어가야만 할 것이다.

그 생각만 하면 칼론은 머리가 아파왔다.

그건 예전과 다르게 최근 한국의 군대에 자신들이 포섭한 인물을 침투시키는 것은 여간 힘든 것이 아니었다.

칼론은 요즘 들어 한국 내부에서 뭔가가 진행되고 있다는 것을 어렴풋이 느끼고 있다.

하지만 그것이 구체적으로 어떤 일이 벌어지고 있는지 알 수가 없어 답답했다.

뭔가 거대한 조직이 있어 자신들의 일을 방해하고 있어 제대로 된 정보를 수직하기가 어려워 그랬다.

그런데 이런 와중에 또 다른 큰일이 벌어지려고 하고 있었다.

본부에서 한국의 특수부대에 관한 것을 알아보라고 한 것도 진척이 없는데, 그것과 맞물려 조국의 특수부대들이 그들과 관계있는 활동을 하기 위해 입국을 했다는 것은 뭘 의미하는 것인지 지금은 판단할 수가 없었다.

판단하기에는 너무도 정보가 부족했다.

"일단 그들은 잘 감사하고…… 참, 그 일은 어떻게 됐나?"

"어떤 일…… 말입니까?"

"그거 있잖나! 한국 국회의원이 의뢰한 것 말이야!"

"아!"

롭은 한국 국회의원이 의뢰한 일이란 말에 어떤 일인지 생각이 났다.

"그게 아무래도 실패한 것 같습니다."

"실패?"

의뢰가 실패했다는 말에 칼론은 눈이 커졌다.

자신이 알기로 롭이 의뢰를 한 인물은 잘 알려지진 않았지만 무척이나 뛰어난 킬러였다.

러시아 FSB의 알파팀 소속의 스나이퍼였다가 마피아에 가담한 인물이었다.

더구나 그의 전적은 무척이나 화려했는데, 러시아 마피아들 간의 분쟁에서 적대 조직의 보스들을 여러 명을 처리했다고 알려졌다.

사실 러시아 마피아 보스를 암살하기란 여간 어려운 것이 아니다.

그들은 조직간 항쟁에 총은 물론이고 박격포나 장갑차 등이 동원이 된다.

전쟁을 방불케 하는 그들의 싸움이기에 조직의 간부들은 방탄차나 혹은 정말로 군용 장갑차를 이용한다.

그렇기 때문에 그들을 암살하기란 여간 어려운 것이 아니었다.

그런데 그런 철저한 경호와 보호 차량들 속에 숨어 있는 간부들을 저격했다는 것은 그 실력이 CIA 내에 있는 청소부들에 못지않은 실력을 가지고 있다고 봐야 했다.

솔직히 칼론의 직책이라면 CIA 내 활동하는 청소부에게 의뢰할 수도 있었다.

하지만 칼론이 레드 마피아 출신의 킬러를 고용한 것은 자신들의 뒤를 밝히지 않기 위해서였다.

혹시라도 의뢰가 실패했을 때, 혹은 성공을 하더라고 수사 기관에서 조사할 때, 자신들의 행위가 들통 나지 않기 위해 자신들과 상관없는 외부의 청부업자를 구한 것이다.

그리고 그중에서 가장 실력이 있는 것으로 조사된 레드 마피아의 도망자인 그레고리에게 의뢰하였다.

그런데 의뢰를 한 지 한참이 지났는데, 결과 보고가 들어오지 않고 있었다.

전직 특수부대 교관이란 자를 암살하겠다고 말하고 나간 뒤 연락이 두절이 되었다.

"그런 판단을 한 근거는?"

칼론은 롭이 실패한 것 같다는 보고를 하자 그런 판단을 한 근거를 물었다.

"그것이 청부업자가 말한 기간이 지났는데 아직도 보고가 없습니다."

"그게 언제였지?"

"벌써 연락 두절이 된 지 2달이 넘었습니다."

사실 그레고리는 성환에게 잡힌 뒤에도 간간히 연락을 했었다.

그러다 섬에 들어가면서 연락이 두절된 것이었다.

성환은 자신을 죽이라고 청부한 이들을 알아보기 위해 그레고리에게 계속해서 연락을 하라는 지시를 내렸지만, 솔직히 CIA에서 자신들의 흔적을 남겼을 리가 없었다.

그레고리도 자신에게 의뢰를 한 사람의 정체를 알지 못하는 상태였기에 실력이 이들에 비해 떨어지는 이준의 실력으로는 CIA의 흔적을 찾을 수가 없었다.

한 달이 넘도록 진척이 없자 성환은 조사를 중지시켰다.

혹시 자신에 대한 청부가 실패하고 뒷조사가 들어갔다는 것을 알게 된다면 조사를 하는 이준이 위험해질 것을 염려해 조사를 그만하도록 조치했다.

CIA한국지부의 요원들이 너무도 깨끗하게 자신들의 흔적을 지웠었기에 조사를 하는 이준이 흔적을 찾지 못한 것이 오히려 이준의 생명을 건진 것이었다.

만약 이준의 실력이 조금이라도 더 낮아 CIA의 흔적을 발견했더라면 정말로 생명이 위험했을 것이다.

아무리 이준이 만수파의 보호 아래 있다고 하지만, 조폭이 보호하는 것은 한계가 있었다.

일반인들도 아니고 CIA이지 않은가?

그동안 자신들에 대해 조사를 하는 사람이 있었다는 것도 모르고 이제야 보고를 하는 롭을 보며 칼론은 인상을 찡그렸다.

"그걸 왜 이제야 보고를 하나!"

칼론은 한 달이나 행방이 묘연한 청부업자의 행방에 대하여 이제 보고를 하는 부하의 말에 절로 큰소리가 났다.

하지만 롭도 할 말은 있었다.

본부에서 내려온 명령 때문에 모든 업무가 올 스톱이 된 상태에서 어떤 보고를 한다는 말인가?

자신도 조금 전에야 들은 이야기이기에 할 말이 없는 것이 아니었다.

"그동안 본부에서 내려온 명령 때문에 그 일은 잠시 뒤로 미뤄 두고 있어서⋯⋯."

롭의 변명에 칼론은 뭐라고 한 소리 더 하려다 본부에서 내려온 명령으로 어쩔 수 없었다는 말에 그도 할 말이 없어졌다.

본부의 명령을 수행하라고 한 것은 자신이기 때문이다.

물론 본부의 명령이 더 중요한 것이기에 자신도 그렇게 명령을 했었다.

그런데 이야기를 하다 보니 뭔가 머릿속에 얽히는 것이 있었다.

'뭐지? 뭔가 내가 놓치고 있는 것이 있는 것 같은데?'

자꾸만 뭔가 생각이 날 것 같으면서도 생각이 떠오르지 않아 머리가 아팠다.

"저 그런데⋯⋯."

고민을 하며 인상을 찡그리는 상관을 보며 롭은 조심스럽게 말을 꺼냈다.

그런 롭의 모습에 칼론은 더욱 인상을 쓰며 물었다.

"뭔가?"

"그것이⋯⋯. 아무래도 그 국회의원이 의뢰한 자하고 이젠 해체된 한국군의 특수부대하고 뭔가 연관이 있는 것 같습니다."

부하가 한국의 국회의원이 죽여 달라고 의뢰했던 자와 상부의 명령으로 군에서 5억 달러나 되는 엄청난 비용을 들여 하려는 일의 가운데에 그자가 있다는 말에 놀랐다.

"그게 사실인가? 무슨 근거로 그런 판단을 내린 것인가?"

자신도 뭔가 있다는 생각은 하였지만 일단 정보가 부족해 그렇게까지는 생각하지 못하고 있었다.

그런데 부하가 하는 소리를 들으니 전혀 근거가 없어 보이지 않았다.

그래서 그런 말을 한 배경에 대해 물었다.

"확실한 증거는 없지만 정황상 그가 의뢰를 한 자가 특수부대 교관이었다는 정보와 한국의 비밀 부대가 핵심 인물의 부재로 프로젝트가 중단된 것, 그리고 마지막으로 그자가 작년 말에 본국에 교관으로 갔었다고 합니다. 그가……."

롭의 이야기를 듣고 나니 머릿속이 개운해졌다.

그동안 머릿속을 꽉 막고 있던 안개와 같은 것이 사라진 느낌이었다.

자신이 그동안 뭔가 개운하지 않고 뭔가 주저하게 만드는 느낌이 들었는데, 바로 이것이란 생각이 들었다.

'그래, 이것이었어. 모든 정보가 그자를 향하고 있었어.'

"하하하!"

칼론은 갑자기 모든 것이 명확해지자 웃음이 나왔다.

그래서 부하가 보고 있는데도 한바탕 웃어 재꼈다.

"그자에 대한 정보를 알아와!"

"아직 본부에서 내려온 명령을 완수하지 못했는데요?"

"그건 나중으로 밀어 둬! 아무래도 이게 더 중요할 것 같아!"

칼론은 부하의 말에 아무래도 자신의 느낌상 한국의 국회의원이 죽여 달라고 했던 전직 특수부대 교관이란 자가 모든 일의 중심에 있음을 확신했다.

그래서 본부에서 내려온 명령보다 먼저 이것을 조사하라 시킨 것이다.

이렇게 한국의 정보를 꿰고 있는 CIA한국 담당관은 성환을 주시하기 시작했다.

〈『코리아갓파더』 제5권에서 계속〉

코리아 갓파더

1판 1쇄 찍음 2013년 12월 10일
1판 1쇄 펴냄 2013년 12월 13일

지은이 | 정사부
펴낸이 | 정 필
펴낸곳 | 도서출판 뿔미디어

편집장 | 이재권
기획 · 편집 | 윤영상
편집디자인 | 이진선

출판등록 | 2002년 9월 11일 (제081-1-132호)
주소 | 경기도 부천시 원미구 상동로 117번길 49(상동) 503호 (우)420-861
전화 | 032)651-6513 / 팩스 032)651-6094
E-mail | bbulmedia@hanmail.net
홈페이지 | http://bbulmedia.com

값 8,000원

ISBN 978-89-6775-963-6 04810
ISBN 978-89-6775-518-8 04810 (세트)